荷轩小语

唐继东诗歌散文集

唐继东 ◎ 著

长春出版社
全国百佳图书出版单位

图书在版编目(CIP)数据

荷轩小语：唐继东诗歌散文集/唐继东著.
长春：长春出版社, 2025.1. -- ISBN 978-7-5445
-7566-9

Ⅰ.I217.2

中国国家版本馆CIP数据核字第2024V6R497号

荷轩小语——唐继东诗歌散文集

著　　者　唐继东
责任编辑　褚晓璇
封面设计　宁荣刚

出版发行　长春出版社
总 编 室　0431-88563443
市场营销　0431-88561180
网络营销　0431-88587345
地　　址　吉林省长春市南关区长春大街309号
邮　　编　130041
网　　址　www.cccbs.net

制　　版　长春出版社美术设计制作中心
印　　刷　长春天行健印刷有限公司

开　　本　880mm×1230mm　1/32
字　　数　165千字
印　　张　7.25
版　　次　2025年1月第1版
印　　次　2025年1月第1次印刷
定　　价　49.80元

版权所有　盗版必究
如有图书质量问题，请联系印厂调换　　联系电话：0431-84485611

荷轩小语

光阴·渡

　　北方总是这样的四季分明。我就在分明的四季中,已经走过了近50个春秋。

　　每个人都在努力成为自己,我也一样。求学、工作,逐渐在一个领域找到了自己的一个位置。一转眼在机关工作近30年了,这个经历教会我很多,也让我于这样的过程中形成了一种愈来愈清晰的责任感。当看到一些事情因为自己的努力而呈现出不一样的面貌,当有些人、有些企业因为自己的工作而实现更好的发展,那是一种早已超越名利的欣慰,非亲历所不能体会。

　　写作也逐渐成为生命的一部分。在那个被我叫作"荷轩"的空间里,忙碌工作之余,回到这尘世的小小一隅,享受"吹灭读书灯,一身都是月"的淡淡喜悦。庆山说:"写作使人仿佛获得一种废墟之中的无形的恒久性,越过了脆弱与限制。"的确如此。人到中年,愈发知道时光流逝的意义,想于这一场泅渡之中,记下两岸的微风、蒲草、花朵和光影。何必一定要有什么意义,月色灯影下,文字恣意流淌,而内心安静,那一刻,便是所有。

自序

也是在那个被我叫作"荷轩"的空间里,我日复一日,做出了200多道菜肴,并逐一用手机拍下来,最后竟组成了一本书,叫作《荷轩食光》。我喜欢蔡颖卿和曾焱冰的文字,喜欢看她们说:"唯爱与美食不可辜负""爱就是在一起,吃好多好多顿饭"……读着这些书,越发知道厨事是一件多么优雅和美好的事,早已不只是果腹充饥那么简单。在厨房忙碌的时候,竟和写作时光有异曲同工的感受。心底安静而清澈,心无旁骛,忘却一切,甚至忘却自己,只专注于案板上的一蔬一果,用所学技艺加之逐渐积累的经验,更有自己于餐食独有的体会,做出并不都等同于旁人的味道。荷轩食光,只与家人和挚友共享,每逢相聚时分,会在认真烹制各式菜肴的同时,精心选用风格各异的器具来与之搭配,若是夜色降临,就再燃起几点烛光,月色光影里,这用餐的味道,还真的会有所不同呢。

没有时间学习摄影。好在现在手机的配置越来越好,就用一部手机,拍下正在经历着的分明四季,风中花朵、月下池塘,还有光阴中自己不曾停歇的足迹……无意间慢慢积累下来,某一天停下来整理,竟也有了几百张之众。

就这样几百个日子倏忽而过。那日和师友说,想出一本书,有诗歌、有散文、有美食、有摄影,东西很杂,是个"拼盘",但那是我这一段光阴的合集。在这里,有立秋前的一枝荷花,有我和家人相依为命日子里的一次次家宴,有我在秦淮河边忽然想到的几句诗行，有我逐渐形成的关于生命灵光一闪的一些思考……她们安静而真实，可以替我叙说这尘世间，如此微渺的一个存在。但她也是独特的。

师友说好。并且说："就叫'荷轩小语'吧"。

于是，我开始着手整理这纷杂堆砌的一切。在这一条大河的水之中央，我看到自己，从松花江边的一个小小村落出发，跌跌撞撞地，一步步，涉水而过。光阴已经过去那么多。而江心的那一枝荷花，无论雨雪晨昏，始终安静着，在永恒流动的风中，轻轻摇曳。

——2019年5月，于荷轩

目录

Contents

辑一

002 / 看荷
004 / 流逝
006 / 活在一朵荷花里
008 / 岁月
010 / 我爱上一些无用的事
013 / 那一簇光阴
014 / 虚度
016 / 周末，读一本诗集
018 / 无关风花
020 / 野菊花盛开的午后
022 / 这一刻
024 / 水晶贝壳
027 / 时光以后
030 / 借来的光阴
032 / 雨后，月亮升起来

034 / 荷轩琐记
038 / 等待栀子花开
042 / 萍·荷
047 / 原色
050 / 简单最是丰盈
054 / 中年滋味
058 / 烟火不凡尘
064 / 不再孤独
067 / 偶尔虚度
070 / 就好
073 / 数学家和卖花姑娘
078 / 花在静静开
084 / 简单如白
088 / 荷·微光

目录

Contents

辑二

094 / 一阕开满桃花的春天
096 / 那一枝微醉的桃花
098 / 夏日里的小茉莉
100 / 盛夏的夜晚
102 / 暮夏
105 / 秋歌
108 / 秋,一枚飘落的诗歌
110 / 在秋天的中央读一本诗集
112 / 秋天的第一枚落叶
114 / 没有飘雪的冬日清晨
116 / 初雪
119 / 四月无新事
122 / 春事纪
127 / 以白雪,以安静

目录

Contents

辑三

132 / 春天的江南
134 / 朝游白帝城
138 / 海，一枚心形的石头
140 / 在秦淮河边读一读桨声灯影
142 / 箱根的早晨
144 / 在小小三峡泛舟而行
146 / 三峡的阳光
150 / 黄河边的小店
152 / 青岩古镇物语
155 / 一朵野花盛开的童话
158 / 金子的河
160 / 走过戈壁
162 / 不愿遗失的梦境
166 / 梦里明珠

168 / 醉
170 / 用一朵花开的时间
173 / 在喀什噶尔古城
邂逅一位维吾尔族姑娘
175 / 嵊泗·时光慢

目录

Contents

辑四

182 / 飞去天国的翅膀
184 / 雪花染上我的长发
186 / 归来
188 / 又到清明
190 / 洺洺养了一株含羞草
192 / 养含羞草的男孩儿
　　　——唐启洺作文集《成长的快乐》序
197 / 她的洁白翅膀
201 / 姑姑的厨房
205 / 食光与爱
210 / 你好,2017
214 / 你好,2018
218 / 风定落花间
　　　——你好,2019

|荷轩小语|

辑一

这个夏天

除了流水和月光之外

还发生了很多事

只是,除了她的美

我什么

都可以忘记

看荷

我有午后的时光
和一把花伞
要赶在立秋的前边
去看一看荷

我不骑马
也不和雨滴一起飞
只是赤裸双足
任湖水流过脚踝和裙裾

荷花有着淡香呼吸
她小小的花蕊里
住着一个诗人
小雨轻轻地
轻轻地,敲打她的门扉

我和她都不言语
雨珠从荷叶上走下来
细细的声音明亮而清新

| 荷轩小语 |

还有白色的桥
白色的栏杆,小径幽微
三两个行人
走在时光里

这个夏天
除了流水和月光之外
还发生了很多事
只是,除了她的美
我什么
都可以忘记

流逝

我知道，这一条河流最终不知
流向哪里
所有花朵都是流逝
美若流光。微雨过后
化作孤独，一瓣瓣
飘落

我和她们一样
在空旷的时光里
无知地开放
一群云雀飞过去，一千朵白云走过去
它们终是无视我，和我的忧伤

天已经黑了
我的屋子越来越大
四周是再也无法走出的雪季

| 荷轩小语 |

谁在清冷的月色里吹箫
谁认真的手掌,写满
密密麻麻的宿命

很想抽一支烟,或者
喝一盏酒
于是就可以在古老的时间里
一下子,变老

活在一朵荷花里

只有周末,我可以活在一朵荷花里
昨夜那个湿漉漉的月亮
还留下几颗
晶莹的水滴

我不想打开木格窗子
不想让任何别的进来
秋风不行,落叶不行,白云
也不行
还有什么假疫苗、贸易战

| 荷轩小语 |

一粒尘埃的弱小与无辜
我也选择回避

秋老虎的午后阳光
把一首诗歌晒得干燥而褶皱
好像随时可以燃烧
在池塘温润的壳里
忽然想起那一日,和知己
相对的泪眼

我总是忙,可是依然来得及
去看守所看一位朋友
听她说酷热天气里所长还给大家发了雪糕
这多么令人感激
依然来得及,在初秋的时节
去看看荷

我似乎终于明白了,荷花深处
那些欲语还休的隐喻
却再也不想,把她们
说出来

岁月

人到中年,慢慢压低脚下的白云
逼近尘世的真实

荷花开了又谢了,夏天依旧
有些人近了又远了
旧的伤口,却无法用新的季节弥合

有些时候变得迟缓些了
有些时候却愈发敏锐
那朵花微微一笑,我却读出了她的淡淡忧伤
而月光,唉,月光
她清澈的声音,总是在许多不期而至的夜晚
花朵般洁白绽放

| 荷轩小语 |

好吧,许多往事已经和解
好在目光依旧单纯
这尘世永远不疾不慢,不增不减
吹皱一池春水的
不是我,而是风

我爱上一些无用的事

太阳升起的时候
黄灿灿的野花开了
藏在花蕊里的几缕微风,轻轻
扇动翅膀

我爱上一些无用的事
故乡无法触摸的烟岚
春天里突然绽放的花朵
童话里的小妖精

我爱上一些无用的事
心底有满怀惆怅
三两点雨滴跑过来
三两声鸟鸣跑过来
三两缕花香跑过来
她们小小的脸干净又安静
像是也和我一样,有着
淡淡忧伤

| 荷轩小语 |

也许我不过是想去一个地方
乘着红色的小马车
在那里
花香浓于晨雾
每一颗露珠都是新的
每一株草都有清澈的梦
每一个梦都晶莹
宛若初心

于是我变得小下来
小成一句诗
小成一粒尘埃
偶尔飞翔,偶尔
停在水波里那一枚
星光上面
想想爱着的那些无用的事
偶尔
忧伤

012
\
013

| 荷轩小语 |

那一簇光阴

九月清癯
衣袂有幽幽暗香
终于可以静下来
在微微波动的时光里
怀想，繁花的心事

那一簇簇光阴
晶莹，明丽
有月色留下的露珠
她们只是单纯地开放，和
凋零
不喜不忧

是否可以开成花朵的样子
在这红尘绽放简单和清澈
我摘下一枚泛红的枫叶
将她放飞于
秋日的风中

虚度

一场秋雨过后,夜色
绽放成一朵
水做的莲花

| 荷轩小语 |

是时候有这么一天了
无所事事
只是去湖边看一看莲
发一发呆
在街路的拐角处
喝一杯咖啡

长发和雨后的风一起
在光影里浮动
路灯眼眸迷乱
用手指轻轻拂过
就荡起
烟一样的水波
这一刻什么也不曾想
什么也不想说
就在这迷离夜色里短暂逃离
不知
身在何处

周末,读一本诗集

白色封面,如同涨潮的春水
和诗歌春水般
干净的源头

这一日光影斑驳
一朵粉色康乃馨在窗纱后面
淡淡明亮
一些长着白色翅膀的小词语从空中
轻轻落下

她们一定是用月光写的
或者
雪山之上蓝色的水

我想歌之于我的长发
还有清水河畔的素白衣裳

| 荷轩小语 |

回首
她们已如同一束束微光
在三月的风里
花朵般绽放

无关风花

三月,我坐在北国
春天的门槛
怀想古时的那一枝桃花
和花丛里
清瘦的诗人

粉红色的桃花在时光中
变得洁白
一瓣,一瓣
是宛若雪花的晶莹

我在流逝的溪水中
照见自己
和当年发髻上
初绽的桃花
是谁在青草弥漫的山坡上
打马而过

| 荷轩小语 |

我在流逝的时光里
倚窗而坐
用依旧清澈的双眸
种下
关于诗歌,关于花朵
关于雪山之巅的古玉

尘世喧嚣
却总有些什么
是永恒的

野菊花盛开的午后

秋天日渐丰满
她温润的唇边,盛开
野菊花的淡香

| 荷轩小语 |

午后光线有些慵懒
像是光阴的长发,流动在
略显婉约的微风里

青瓷盏有些旧了
精致的纹理
正在把一些故事,渐渐叙述成
美丽的传说

杯盏里的清水,干净得
单纯
是谁清澈的倒影
定格在那一幅
背景简单的画面

这样的一个午后让人心怀喜悦
时光盛大,有一些事
我一直
不想说出来

这一刻

这一刻
一朵诗歌正如同暮色一般
缓缓绽开
她的小小翅膀
有着淡淡香气

这一刻
一盏咖啡在灯光下
变得香醇柔和
穿着月光的白衣女子
正和一朵白色的栀子花
低声交谈

这一刻
午后的雨已经过去
还带走了

| 荷轩小语 |

雨水明亮而单纯的歌声
只留下树梢上
几滴跳跃的鸟鸣

这一刻
无论你身在何方
一定要拍拍身上的尘土
走到木格子窗前
看一看
月光

水晶贝壳

有一天,它会不会
成为琥珀

它是一缕海风
一个传说
小白云眨一眨眼
一朵晶莹的梦
在睫毛上滑落

它一定曾经具体过
是一串脚印
一次涨潮
一个唱着歌的绿色少年
在海滩上走过

| 荷轩小语 |

有一天,谁会在记忆的
岸边
将它轻轻拾起
那一枚珍珠浸满时光
漫长
而明亮

026 \ 027

|荷轩小语|

时光以后

一位老者,和几个老友喝茶
他端坐的姿态
像是还要讲话的样子
但退休以后
已经没人会听他的讲话
那些曾经热烈的掌声
早已消逝在时光之中
只余下
身边,几个老友
面前,一盏清茶

网上说《非常6+1》的主持人
全家移民了
议论声潮波涛汹涌
直到有一天
他在异国离去
又一波新的声潮汹涌
而他家人的微博,变成了
白色的
沉寂

他在初中时暗恋一个女孩儿
曾经为她奉献了第一场
春梦
三十年了他娶妻生子
在尘世挣扎得有模有样
终于又约上她
激动得沐浴更衣
还喷了点香水
但相对而坐
对面坐着的除了名字
已经是另外一个人
庸俗、唠叨，还向他炫耀
手指上的金戒指
他清晰看见自己三十年的梦一片片
碎了

初冬时节
我看着粗壮树木旁一朵
凋零的小花

| 荷轩小语 |

想起她曾经的含苞、绽放和盛开
有凉凉的雪
纷纷落下

时光以后
我在哪里
是否会有人在一朵凋零的小花面前
读一读
这首小诗

借来的光阴

莲花在七月里，走得很远
胭脂小马和红色的马车
树林里迷路的松鼠，泪痕般
模糊了的雨滴

|荷轩小语|

在清风走过的倒影里,化成
凌乱的梦幻

七月里有白瓷香炉
白檀香气虚弱,不堪一击
还有莲花的瓷瓶
在浮躁空气中,楚楚
可怜

有一些温暖正在破碎
还有婉约长发在如水夜晚
写下的诗句
还是那座书阁,还是那盏清茶
却终于明白
我于莲花,莲花于我,都不过是一段
借来的光阴

雨后,月亮升起来

一切都被洗濯过了
一丛丛草木从窗前走过
她们都有着好听的名字

我就坐在星光
和草木中间
不知从什么时候开始
已经不再感觉孤单

白云跑过来
马儿跑过来
花朵跑过来
她们的声音明亮而天真

| 荷轩小语 |

时光是一个淡蓝色的房间
我在角落里点一盏灯
填一阕小令
月光没问我要写些什么
她的目光
洁净又温和

荷轩琐记

一个人在谈恋爱的阶段，有时会给爱人起一些只有自己知道的名字，私下里轻声去唤。那么我是不是一直在和我的书房恋爱。还给她起了一个又一个名字，从书女阁，到莲书房，再到荷轩。

也许，"荷轩"，是我赋予她的最后一个名字。

荷轩不大，放了一组共十个门的书柜和一套书桌椅之后，已经没有太多空间，可我还是在她的一个角落放置了一个花架，养一株小巧的迎客松，让它在这个小小空间里，不分寒暑地翠绿着。

|荷轩小语|

书架上密密麻麻摆满了书籍,有的一次没看过,有的已经看了两遍以上,却还是放在案头。人对人会产生眷恋,对书也会。读书的过程是在和另一个灵魂对话,两个灵魂一旦在文字中产生契合,便会彼此交融,生出些惺惺相惜,以及缠绵悱恻。

一直喜欢庆山的文字。有时不知该用一些什么词语来形容她。或许是干净、清丽、细腻、唯美……读她的书,常常会觉得是和经年的闺蜜对面说话,光影渐渐暗下来,有咖啡的香气。听她在《月童度河》里说:"先用劣根性和无明,跋涉过自私情爱的沼泽森林。来到开阔谷地,看到金色庄稼,邂逅因缘中的人。温柔互助共行一程。最终,爬到山顶,俯瞰苍茫世间,如梦如幻,又真实不虚。那时,自己与自己相遇,独自一人踏上归程。"

前年在台北诚品书店无意中购得蔡颖卿的《50岁的书桌》,一直放在书架上。从去年起,读到她的《唯爱与美食不可辜负》等书,深觉共鸣,几乎将她的所有著书通读一遍。后来再翻到台北迢迢带回来的书,竟也是她的著作,不禁莞尔。想来作者与读者之间确有一种莫名的灵犀相通,那是难以言明的缘分。她在文字中写到属于她们一家的平静温暖的生活,告诉着那么多的人,滚滚红尘,原有这样的一种美好存在。她在《唯爱与美食不可辜负》中说:"是的,我们家的餐桌每天上演的就是这种平凡、固定、充满小小欢乐的生活故事。它帮助我们一次又一次地体会出父亲口中那种纯净紧密的关系、一份全心守护的亲情。"

去了一趟新疆,草草阅读了一遍阿勒泰的山水和草原,激起了阅读李娟的书的愿望。她的文字是我喜欢的简单、清澈、单纯,还有点天真,真的很像喀纳斯湖的湖水,自然而然地流淌着,就美得几乎无法评说。看到她在《我的阿勒泰》中写:"又记得在夏牧场上,下午的阳光浓稠沉重。两只没尾巴的小耗子在草丛里试探着拱一株草茎。世界那么大。外婆拄杖站在旁边,笑眯眯地看着。她那暂时的欢乐,因这'暂时'而显得那样悲伤。"

有时会在荷轩和朋友讨论一些书籍,比如《瓦尔登湖》。跟随着蔚蓝色的文字听梭罗不厌其烦地讲述着近三年时间里湖边的生活细节,可是,那些闪光的哲理就隐含在看似平常的叙述之中。阅读之后,沉思我们一直在思考的问题:我们是谁,从哪里来、到哪里去。也许这本书可以帮助我们找到答案。但是否能真的找到是每个阅读者自己的事。讨论逐渐从一本书舒展开来,变得海阔天空,不知怎么说起各自成长的轨迹,生命里许多琐碎却深刻的回忆,不觉暮色渐至。

有时也会一个人在荷轩发呆,想一想时光深处的前尘旧事。有一天忽然想起上海的香樟树,在盛夏的季节浓郁茂密,散发特殊香气。还有一个很久以前让自己深为感动的细节,忽然就很想给一个人打个电话,说一句其实真的很感谢。可是那个细节里的主人公早已淡了联系,电话接通容易,但知道反而会不知从何说

|荷轩小语|

起，只好作罢。

最开心的是侄儿侄女光临荷轩。洺洺会问我："这些书你都看过吗？"轩轩则拿着书桌上京剧脸谱图案的优盘问我："这是什么？"关于读书的问题我都一一认真作答，我知道不能急于灌输他们什么道理，但却真的希望，荷轩里的书香，可以经由他们，得以继承和传递。

从新疆带回和田玉牌，有红黄双色绳结，挂在书柜门上，和荷轩很配。

最近朋友推荐了《奥义书》，还没有读。

明天想去南湖，看看荷花。

等待栀子花开

　　黎明天空澄澈，有一颗星在远远天边，微弱光芒。

　　莫名喜欢白色花朵，幽暗光线下于浓郁绿意中绽放，仿若油画，又如同梦境。让人想在这淡淡幽香里种下雨滴。春天，也就可以和那只白色的鸟儿一起，飞回到人间了罢。

　　四月初患皮肤过敏，脸和脖子都是片片米粒状疹子，慌张中，中药西药并用，严重时在医院挂床输液，却迟迟不见效果。从来不思考年龄的我在这段时间里忽然觉得芳华已去，再不是年少强壮的自己。那段日子服过敏药身体乏力，一个人虚弱躺在沙发上的夜晚，体会到了从没有过的孤单。而第二天太阳升起时，别人看到的，还只会是那个乐观的、似乎对一切都无所谓的自己。人都有多面，连自己也说不清到底哪一个才最真实。在病中看《教父》系列影片，迈克老年患病卧床，凯来看他，含泪说："从没见过你如此羸弱无奈。"那一刻，她是爱着他的。没有爱，就没有那样深重的怜惜。

　　生命的奇妙之一在于，有一些缘分会不期而至。一个并不熟稔的朋友送轩轩一套hello kitty的粉红餐具。她在微信中说："轩

|荷轩小语|

轩很可爱,想着她会喜欢。记得你写过软软的小手放在你手心里的感受,我就体会不到,似乎我儿子的手小时候就又大又强硬。"那个夜晚我和她在微信上交流很久,客厅里灯光幽暗,星巴克马克杯在灯光下泛出迷离光泽。其实人与人之间何须认识太久和走得太近,当我们内心真正空净,自然会与相同的灵魂相遇。

人到中年,仿佛涉水而过,却在水的中央。过往和未来的粼粼微波,令人有微微眩晕的感觉。慢慢没有了年少时的轻狂、偏激和尖刻,变得温润而宽和,更接近于玉的质地和水的柔顺,可以静下心来看澄澈天空上白云轻盈走过,慢慢寻到一条不需要祈祷便可获得清净喜悦的路径。

那一天在春日河边独自信步,水波光影里,下意识放下诸多尘事回归自己。心下明白自己是怎样的人:真诚、直率、简单,甚至有几分要命的天真。但我也知道在有些人眼里不是这样的，有时会觉得委屈，但清楚知道这也是自己必须面对和承担的一部分。时光深处，也许慢慢会有答案。抑或者，时光深处是否有答案已不再重要。那一刻，阳光下仰起脸，天空蔚蓝而心底清澈，片刻已是永恒。

慢慢喜欢上自己做早餐的感觉，仿佛淡淡微光里炖煮的不是食物，而是一段温润时光。多数是素淡的，配上一杯现磨咖啡，清清爽爽的餐食，配清清淡淡的早晨，刚刚好。

有时一个人溜出去享受一份下午茶，浓烈阳光被素色窗纱隔断在世界之外，有灯光斜斜地打下来，映照在水果冰沙和新做好的泡芙上。光影闪烁中，仿佛有人在低声说话。可以这样放松的辰光不多，其实分不太清楚，是味蕾需要一次这样的下午茶，还是劳碌太久的心灵需要。那一刻，时光安静得透明，心灵也是一样。

还有一次和十几年的闺蜜一起去吃"鲨鱼先生的博物馆"，我喝拿铁，她喝茉莉果茶。离得太近所以彼此知道温婉外表下偶尔发作的坏脾气，当时气得发疯，过去之后不过在心里笑笑，又能怎样，还不是一起吃汉堡的时候可以忘记淑女形象毫不顾忌地大快朵颐。夏末秋初是最好的季节，一切都丰盈而盛大，我们置身其中，一起体会花开的美丽，多好。

远离童话已经太久了。但还是贪恋那其中简简单单的哲理、

|荷轩小语|

简简单单的美好。从世界各地选来各种卡通物件：日本的木雕女娃；印度尼西亚的木制小舞女；欧洲的小鸟挂钟，每半个小时就会有小鸟探出头来"布谷、布谷"地报时。还有窗台上、茶几上、餐桌上的各色花朵。早已不是贪恋童话的年龄，但我还是不知不觉给自己和家人打造了一个现实中的——童话城堡。

去年春天买回一盆栀子花，那些花开的日子，我和她日日相伴。喜欢那些白色的花瓣，洁白、单纯、清澈、明亮，似有禅意，是我的梦境。今年春天来得晚些，栀子花叶子恣意茂盛着，却一直不见花开。我在每个月光清澈的夜晚静静等待，等待一场素白暗香，衣我以华裳。

萍·荷

附近河塘有一池荷花，夏日里习惯了每天早起去看她们，仪式一般。荷花不多，也不很大，白色、粉色，在晨风里星光般闪烁。有连片翠绿浮萍、莹莹水滴，让人很想用翡翠茶杯喝一盏清茶，和着这淡淡晨光，一饮而尽。河塘旁有茂盛开放的各色花朵，凤仙花、翠雀、绣线菊、大丽花、勋章菊、藿香蓟……那么多花朵和她们美丽的名字在风中摇曳，每一个花瓣，都写满动人故事，似是可以在某个月明的夜晚，拿来下酒。

一个周末，雨。打着花伞去菜市场。雨加深了这个季节的翠绿和明艳，仿佛油画一般铺展开来。很享受假日里琐碎日常的平淡时光，更享受亲手挑选蔬果、下厨烹饪的快乐感觉。不知从何时起恋上下厨，而且感觉到这个爱好正在逐渐改变着我的生活。享受把食物呈上餐桌给亲人或朋友那瞬间的满足，慢慢体会到，用一桌餐食所表达的情分，也许比一首诗歌更为立体和丰富。

盛夏夜晚和全家一起去湖畔晚餐，月色星光，有歌手在炫目舞台上浅吟低唱，微风习习水草摇曳，泓泓和轩轩吃过东西追着亭台边投影的光束嬉闹奔跑，我穿粉色中式长裙，用一把荷花团

|荷轩小语|

扇,拿一杯清水,坐在一旁静静地看,老妈和弟弟、弟妹则在餐桌旁低声谈论家乡的一些旧事。那一刻,心里满当当充盈着温情,却又仿佛是空的,空而轻灵,空得,可以飞起来。

　　人到中年,知道真正的友谊如此稀有。珍惜那些没有利益纠葛,可以彼此都放松自己的朋友,在某个雨后初晴的午后,一起享受一次清淡料理,加上淡淡清酒,和红晕一起弥漫开来的还有假日慵懒,可以什么也不用想,什么也不用说,以最放松的状态度过一段小时光。有风，浅浅流过。

春末夏初那段时间不间断地出差学习考察，一日一城，走了近10个城市。中国正处在迅疾变革和发展的阶段，工作赋予的职责总是让我觉得时不我待，一进入工作状态里，就变成完全不同的另一个自己，理性、迅速，甚至有些严苛。如果说长春新区是一幅势必壮观的画卷，我不过是在其上增加一抹微不足道的颜色，但却委实是用心而作。人到中年不再狂妄和奢求，只是尽心，只是尽责，希望可以通过自己的努力让一些事情更好、更快捷地得以推进，如此而已，如此足矣。

于是势必忙碌。有时一杯清水、一本书再加一盒酸奶在书房消磨时光，会念想这样的意境而不由得沉浸其中："梅子黄时雨，细细落山前。竹下闲坐久，一一数青莲。"唉唉，那该是怎样的惬意闲适。

无论怎样还是感激时光让我变得平和。并教会我如何去爱，如何去承担爱的责任，于家人、于朋友、于互相信任依赖的同事……在时光河流的冲刷下不是变得圆滑而是变得圆润和洁白，或者那是一枚石头最好的生命过程。

| 荷轩小语 |

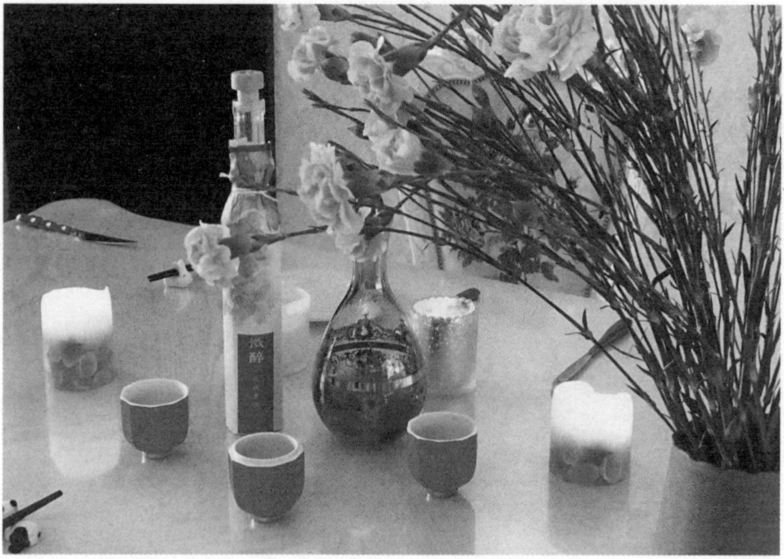

|荷轩小语|

原色

第一场雪后，少饮一盅桃花酒，日子就有了淡淡颜色。

读一册书，一个女子在书中说："女人应该用什么样的态度去面对整个世界。未必都是生生死死、现实无奈。你首先应该趋于爱与美，愿意在好时光里度过这一生，从细碎中发现生活真意。"

那本书的名字叫作《没完没了的好时光》。在读着这些清新文字的时候，感觉就站在北方四月的春光里，有粉红色的樱花花瓣，簌簌落下。

其实时光于每个人都是公平的，可以日复一日重复枯燥乏味的平淡无奇，也可以于一餐一饭一花一草中营造出属于自己的精致与欢喜。享受阴雨里的清凉、晴日里的光影，于是每一日，亦都可以有杏花微雨的美好。

以前曾有人评价我说"不食人间烟火"。其实，不食人间烟火有什么好。清晨，花朵在阳台上繁繁茂茂地开，系上围裙下厨房，用专业咖啡机磨两杯咖啡，切好的苹果摆在孔雀开屏的白盘子里，插上两枚彩色小鸟水果签，再做一道番茄尖椒炒茄丝，加

"椰香小枕"面包，摆一枝小花在餐桌上，这浓浓郁郁的烟火人间，才是真正的生活。那日略做统计，搬到新居一年多的时间里，共完成了200余道不重样的菜肴，我给她们命名："荷轩私房菜"。

恋上养花。阳台上纷纷攘攘开放着各色花朵：铁海棠、紫蝴蝶、草莓菊、朱槿牡丹、多色雏菊、白掌、铁兰、长寿花……那一日在明媚阳光里逆光拍下她们绽放的样子，引来朋友们的惊艳。一位上海朋友发微信来表扬我的生活态度，我回道："生活平淡，自己调色而已。"其实，每个人的平淡生活都大同小异，不同的，是内心的感觉。所有美好，一定缘于一颗知足感恩而平静的心灵。真的是这样。

十一假期和家人一起去桂林旅行。一直清晰记得的是两个夜晚。一次是夜游"两江四湖"，最喜欢的是"桃花江"这个名字。侄儿洺洺好奇地看着船闸起落，惊叹其神奇。侄女儿轩轩将软软的小手放在我的手心里，一起在甲板上看绚烂灯火。两岸有唯美歌舞，一闪而过。还有一次是中秋之夜，夜宿山顶小店。店门口是重重叠叠无羁盛开的大丽花，灼灼而热烈，宛若幻景。我们拿出家乡的月饼，点一瓶当地的桂花酒，一家人围桌而坐，对月浅酌。

曾经因为写作结识许多不曾谋面的朋友，现在又因为对厨事的共同喜爱，与许多从未谋面的女子惺惺相惜。苏小香、小花牛、魏姐姐、杉菜……我们甚至不知道对方的真实姓名，但下厨后分享的照片让我们比许多相识的朋友都更加熟稔和亲切。就如同那一个秋日午后冒雨去看荷花，雨滴安静，她就在雨中，楚楚又亭亭。赤裸双足涉水而过，静静看水珠在荷叶上晶莹滚动。池塘边有幽微小径、白色桥栏、打伞走过的三两行人。雨色天光里，人花相对，一时无言。似是从不相识，又似是于今日之邂逅，早已有前世约定。

生活是一阕诗词吗？还是一副色彩分明的图画。我透过洁净的时光，看见泠泠和轩轩都穿着红色毛衣，各自安静地画着一幅画。看见河水之中，一朵莲花安静而明亮地开放。看见自己独自一人在电影院的最后排看一场电影，或者在光阴的水中单纯而安静地完成一些必须完成的事情。

而在写下这些文字的时候，书房里的台灯温柔地明亮着，七十多岁的老母亲给我端上切好的水果，淘气的轩轩在微信里发来语音说着她的开心事，花在静静开，我知道，这色泽多样的生活，才真正是时光的原色。

简单最是丰盈

暮春的清晨，晴，光线洁净而透明。逆光拍下开到荼蘼的粉红牡丹，在轻柔音乐里下厨。炒鲜蘑小白菜，切几片水果，配新鲜面包、现磨咖啡，和妈妈说说家常。日光花影，时光暗流，这样简单干净的日子，其实最是丰盈。

今年以来，总是忙碌，几乎没有喘息和停歇的时间。忙碌中有时会显得焦躁烦乱，那样的时候会觉得找不到自己。着意读一些佛学的书，调整心绪。其实佛学何止是宗教，更是哲学，会给生命一种洁净和向上的精神引领。阅读时，心灵会下意识安静下来，觉得世间些许不如意，真的不值一提。读到这样的句子："女子大美为心净，中美为修寂，小美为体貌。"深以为然。

加措活佛说："即使再清澈的水，如果在一个杯子里不停地摇晃，它都不会清澈；即使再浑浊的水，如果静静地放着，也自然会变得清澈。我们的心也是如此。"说得多么好。清澈而安静的心灵，是我一直在追寻的境界。有时真的想在最为简单平常的时光里沉坠于书籍、花影之中，不涉尘世，但自知在这尘世还有许多使命，关于家人的、朋友的，以及社会的。即使自己的力量再微薄，却终是愿意在让尘世变得更美好一点的过程中，有自己付出的心力。

与这尘世中的人多有交集。经历过世事之后，对许多周折心机虽然不屑，却也能洞察。相对而言，对那些自作聪明、用尽心机的人，纵不多言，也会刻意远离。反而是那些坦诚简单清澈的人，会有意识地靠近，做同样简单清澈的交流。其实，所谓"聪明"，真不是什么值得自豪和炫耀的事，这世间，笑到最后的，大抵永远是那些简单清澈的拙朴之人。

侄女轩轩四岁生日那天，轩轩妈下厨做菜，我加班回来带回卡通图案的蛋糕。轩轩很感动，说："等你们老了，我给你们做好吃的，还扶着你们走路。"在吹蜡烛时问起爸爸、妈妈、奶奶和我的年龄,忽然认真地问道:"难道我很小的时候,你们就都出生了吗?"

童言与童真,多么美好。那一瞬间,我在想,人若能无论经历多少世事,还始终能拥有一双孩童般干净的眸子,该有多好。

干净。对这个词语有着偏执的喜欢。或者是觉得这尘世的许多角落太多污浊。所以,会在思维空间从那些无法回避的角落里跳出来,找回真实的自己。阅读时也偏好干净宁静的文字,仿佛对镜观照,互相投射一种心性上的清澈明净。

自己下厨以后,不再喜欢外面的餐食,觉得大多过于油腻。厨师麻木地流水作业,不过是机械式重复,没有心意在里面的餐食,纵使调料再多,亦是寡然无味。更愿意自己在家料理,用一餐纵使清淡但却健康的食物滋养亲情与友情。每次下厨时都是用心而认真地仔细研究每种食材的特点和烹饪方法,不拘泥于食谱上的各种界定,把自己对食材的理解加入烹煮的过程里去,往往有意外的惊喜。其实,把最简单的事用心去做,也可以做得不那么简单。

爱上养花。在自家阳台营造出一个小小花园。养花的过程令人变得温柔。那些美好的花草,需求是那么简单,不过是一些阳光,和适时浇灌的清水。其实身边的人对我们的需求也无多,不过是忙碌奔波的间隙,一束淡淡的微笑,便可以令那一瞬的时光变得明亮。又何不为之呢?

经历了花开花落、生死离别,有过刀刃无情划过心灵般痛彻心扉的痛楚之后,终于明白了"缘分"的意义。于生命的无常之中,你与一个人、一朵花、一束光线在经纬错综的时光里,宿命般地相遇,没有人能说清因果,没有人知道这一次的相遇于你的人生有怎样的意味,你只是被动而无辜地接受一切,与这个人、这朵花、这一束光线在必然的时空里同生共存,而当有一天又注定分离,一切仿佛都不曾发生过,可是谁又能回避那些深深浅浅刻在生命上的印痕。我们无法控制花开花落人去人来,所能做的也不过是在可以拥有的时光里,用一颗洁净的心认真去珍惜。当一切逝去以后,在心窗里盈满的点滴回忆,终归是生命的一种拥有。

一直记得那一次在成都,阳光下眯起眼,在宽宽窄窄的巷子里慢慢走。那些小店有着很好的名字:"初见""偶尔""而已",连在一起似乎有了禅意。一蓬蓬竹子恣意长在古旧院落的门口,茂盛得有些奢侈。在一个干净的小店里点一份下午茶,心绪简单,可以听见白色鸟儿在天空中舒展翅膀的声音。时光蹉跎。

中年滋味

周末时光总是可以更加丰富。夜幕降临之后,跑步三公里,再回到书房翻开书页:"几场梅雨,几卷荷风,江南已是烟雨迷离。小院里湿润的青苔在雨中纯净生长。这个季节,许多人都在打听关于莲荷的消息,以及茉莉在黄昏浮动的神秘幽香。"总是喜欢这样的文字,带着荷风一般的安静与幽香,让人变成夜色池塘里清幽的一枝,独自临风。

人到中年,更趋于静和简,在过于喧嚣的场合,有微微的紧张和不适,总是想尽快逃离。喜欢一个人在假日的午后,或信步,或读书,或在星巴克喝杯咖啡、在哈根达斯点一份冰激凌,望着窗外静静发一会儿呆,那一刻,无论置身什么季节,竟都能感受到杏花微雨的惬意与芬芳。喜欢这样的话:"洗头,化妆,穿上浸满香气的衣裳,即使在没人看见的地方,心里也十分快活。"嗯,看来女子的心意是相通的,哪怕中间隔着千年之久的时光。

骨子里有对情谊的珍重与在意。先生在世时曾说我:"优点是重感情,缺点是太重感情,容易吃亏。"虽然他说的大多数话都非常在理,可是这一句我却一直不大接受。我一直不觉得太重感情算得上缺点,至于吃亏,吃点就吃点吧,古人不是说嘛:"吃亏是福"。

但当然,对感情也有自己的理解和原则。那一日读到一句话:"有时我们是某个人心中的须弥山,有时只是一颗尘土。"心里有微微震动。特意去查了"须弥山"的释义,网上解释说:"据《佛学小辞典》记载,须弥,山名,一小世界之中心也。"哦,当然,是这样的,"有时我们是某个人心中的须弥山,有时只是一颗尘土。"只是,我,我们,是哪个人心中的须弥山?

要爱,就去爱把你视为须弥山的那个人吧,无论友情,还是爱情,其实,也包括亲情。真的并不是所有朋友、爱人、亲人,都视你为须弥山。前人有云:"人生得一知己足矣,斯世当与同怀视之。"只"一",可能太少了些,但其实真的不会太多。

又当如何去爱人?问问自己,哪几个人在你的小世界中心里面。再问问自己,可以为他们做些什么。是的,爱是奉献。人到中年会懂得,这句话不是一句套话。

在朋友圈看到一句话:"陪伴并不是最长情的告白,用心才是。"深以为然。如果是没有用心的陪伴,恐怕不是最长情的告白,而是最漫长的彼此消磨吧。你若爱,便用心,用真心。你若不爱,就不要用所谓的"长情"去欺骗别人,也欺骗自己。消磨别人,也消磨自己。亲情、爱情、友情,皆不能外。

人到中年，许多事都会让人感到无奈。但总是可以送给自己两个字作为礼物：真实。

去年以来，自己从一个号称"不食人间烟火"的女子不知不觉转变成了一个视厨事为乐事的厨娘，其中之缘由，也是一个"爱"字吧。如今和老妈两个人相依为命，每当周末，亲手下厨做几个家常菜两人分享，看到母亲脸上的笑意，那是我心底最大的安慰。还有哥哥、弟弟几家，回到家里，吃到我亲手做的饭菜，那一刻，烹饪的不是菜蔬的味道，而是家的味道。还有亲切的朋友，约到家里小聚，家常菜加清淡酒，彼此的情谊，也会在一杯一盏之间，更加浓郁起来。

对于写作，不想用"热爱"来形容，其实写作于我，已如清水和空气，一直存在着，淡淡相守。在书写上不去追逐风尚和流派，只是从心而作，写最真实的内心，写最真实的生活。用清澈时光烹煮洁白文字，如果与有缘的人相遇，彼此交流一点心底真实的体会，便是文字的幸运，也是我的幸运了。

工作却想用"热爱"来形容。新年时看维也纳新年音乐会，从那些音乐家的脸上，我读到了"热爱"。因为热爱，他们在演奏时是在用灵魂与音乐对话。也曾看到无论演奏什么曲子都表情木然的表演者，只是在机械地奏出音符，那些对音乐没有热爱的人，连自己都没有感染，又如何能感染别人。其实，不仅音乐如此，任何事业，能达到一定境界的，一定是有着灵魂的香气。

不知不觉，我在行政领域工作已经20多年了。曾经有朋友提醒我不要在文字里提及自己的职业，好像如果提及我就不是一个纯粹的写作者了。我却不在意。何谓纯粹？只要真的喜欢、热爱，无功利之心，留清澈之意，就是纯粹了吧。如果在文字中连自己的职业都要躲躲闪闪刻意回避，我倒觉得反而不纯粹了。

真实地说，我热爱着自己这个工作。长春新区获批一周年，新区人都在摩拳擦掌、跃跃欲试，在新区建设和发展的路径上，我有着自己的职责与担当，这是我的责任，也是我的幸运。在新区获批一周年那天，恰逢大年初七、春分，食堂里为这三个重要的日子赶到一起而加了菜。加菜，这种感觉让人有家的温暖，其实，细想一下，一个团结和谐的单位，可不就是一个大家庭嘛。

那日读《我就是那》，书序有云："修行无须在山林"。人到中年，愈发觉得人生真的是一场修行。这一场修行，与你置身山林还是闹市并无关系。我在这一场红尘修行中，经历过喜悦、提升、快乐，也经历过悲伤、挫折、痛苦，所幸的是在周围那么多温暖的人陪伴下，没有被所有的伤痛击倒，而是愈发向往简单、素淡、洁白与清澈，安静而从容地一路走向曾经的初心，这或许是我一路修行的最大收获。

中年，斟一盏清茶，这光阴的滋味，淡香悠长。

烟火不凡尘

"好的生活不是在市井中梦想着桃源,而是在日常柴米油盐中守得住窗前的明月,还有心力去寻远山之灯。"

读到这句话的时候,我刚从一个号称"不食人间烟火"的女子转变成一个莫名其妙恋上厨事,几乎每天都在研究菜谱,在厨房沾了一身烟火气的"厨事迷",有朋友推荐蔡颖卿的《唯爱与美食不可辜负》,就把它买来放在书房"菜谱"一类的书架上,一有时间便手不释卷地认真阅读。同时在读的还有曾焱冰的《没完没了的好时光》,听她们在书页中用温婉的声音说:"在厨房

| 荷轩小语 |

辛勤耕耘的人，总在餐桌采收丰美的果实。那些付出会结成亲族之情、友谊的芳香与质感的生活，不一定要奇珍异馐也能抚平人心，增进情感。"还有："其实我一直坚信，漂亮的形式感也好，餐瓷用品也好，可以渐渐从最日常的三餐改变一个人的生活方式和态度，但在这个过程中，积累内心的成长和感悟，才是获取最好生活的根本，这是任何奢华精美的物品所无法取代的。"

当我在厨事的忙碌中渐入佳境，再细细体会她们的书、她们的话，才蓦然发现，她们在书中讲述的，最主要的并不是餐桌如何布置、菜肴如何烹制，而是在讲述一种可以让人体会和拥有更多幸福的生活方式。就如蔡颖卿在书的后记中所说："愿你更有生活的能力、更懂得美、更理解爱。"

是呀，其实，厨事也好，其他家事也好，亲力亲为之所以重要而美好，是因为它们皆与爱有关、与美有关。

初六，春节假期的最后一天，吃过早餐就一直在清理、打扫、清洗，把圣诞树拆卸装箱，留给明年。把哥哥弟弟们过年时用的被品清洗整理好，留待他们下次回来再用。把衣物一件件洗好放在阳台的晾衣架上晾晒，家居一点点整洁明亮起来，满室漫溢着淡淡的清香。中午做几道家常菜，用红彤彤的西红柿筷托、最喜欢的康宁白盘，妈妈边吃边夸我的苦瓜煎蛋做得好吃，她脸上的笑意让我欣然。拍了照片发到朋友圈里，有朋友点赞，有朋友夸餐具精美。不由得想起每周周末，弟弟弟妹都会带侄儿洺洺、侄女轩轩过来吃我亲手做的午饭，久而久之，已经成为一种有仪式感的家庭习惯。我们在布置精美的餐厅里一起享受精心烹制的菜肴，这看似日常的餐食时光，却在不知不觉间增进了感情、加深了亲情，让"家"和"爱"变得更为具体而真实起来。在这样的过程中，我逐渐深刻地体会到，原来，亲情本就是并无奇迹的日日重复，原来，一个关切的举动远胜过千言万语，原来，只有在浓浓烟火气息里，才更能体会生命的温度。这样一起走了很远之后，那些所有的细小，便汇集成了无法言说的，厚重深情。

今年春节，大哥二哥也携妻带子从外地回来过年，一家老小十一口人，每天围坐一起吃我亲手做的饭菜，每当把一道道用心烹制的菜肴次第摆上餐桌，看着家人们团团围坐举杯贺新，心底漫溢的喜悦总是瞬间就淹没了忙碌的疲累。会不由得想起曾焱冰的书名："没完没了的好时光"。真的是呀，没完没了的好时光，就在当下，是菜市和花市装在竹藤篮子里的细碎美好，是洁白雪地上迎着阳光眯起的眼，是每一刻为了生活得更美好而付出的些微努力，是这一刻，绽放在餐桌上的美好亲情。

那天在厨房忙碌，做一道地道的东北菜：小鸡炖蘑菇。传说中的"小笨鸡"，要炖上一个多小时才到火候，炖煮中间我掀开锅盖查看一下水加得是否足够，在掀开盖子的刹那，一股浓郁的肉香瞬间扑面而来。我和弟妹小娟异口同声地回头说："好

| 荷轩小语 |

香！"我又和小娟交流说："下厨是一件多么有趣的事，这种香味，和真的炖熟之后端上餐桌的香味相比，是另一种感觉。不下厨的人真的没有机会体会。"她说："嗯嗯，这是我们厨师独有的快乐。"这样说着，我们不由得呵呵笑了起来。那种亲力亲为过程中所享受的独有快乐，在厨房不大的空间里快意流动起来。

是呀，爱上家事，爱上忙碌家事过程中所深深体会的爱与美。爱上奉上美食时老人和孩子的笑靥、家人的开心、朋友的喜悦，爱上精美餐瓷灯光下泛起的淡淡光泽，爱上清洗之后，窝在沙发上感觉到的淡淡清香，爱上墙壁布谷鸟挂钟准时响起的清脆鸟鸣。其实，所谓美好，真的没有多么神奇，不过是认真对待生活的每一个瞬间。这个烟火红尘，你爱她更多一些，她就会回馈给你更多无法言表的美好体验。

真的是这样，爱上家事，让我拥有了更多生命体验，也让我不再孤独。心更加地淡下来、静下来，独自一人时，会下意识把万丈红尘关在木格子窗外，读书、书写，或者钻研食谱，准备给亲人、朋友做几道菜肴，心灵因为安静变得洁白而透明，是自己一直喜欢和下意识坚持的状态。

我喜欢和接受蔡颖卿说的话："亲手照顾的生活，有一种平实稳固的味道。""不管多忙，都不应该失去应有的愉快。"就这样吧，用自己的双手，把时光雕刻成美好的花朵，让想要的生活，成为日复一日，诗一般的日子。

不再孤独

不知怎的，忽然想起那年夏天，在晋祠楼阁外，用手机拍下盛放的睡莲。

那一日，我们在千年古祠前邂逅，然后分别。

这样一期一会的缘分，何止是你与他，她与你，我与睡莲。

第一次读《百年孤独》，觉得晦涩，至一半而弃读。后来，在深邃痛苦之后沉坠无边孤独，想起那本经典之作，涌生重读的愿望，却终未成行。在书卷之外，用真实的手指，触摸这尘世的冷与暖，相遇与分离，那些温暖快乐的相聚，那些痛彻心扉的分别，都如同雕刻，丝丝入木，纹理清晰。

不知不觉又到深秋，一场秋雨过后，分明地感受到季节的转换，一年的时光，又已流走大半。是从何时开始明白，在这世上，你无法留恋和挽留什么，时光更是如此。一个人所能做的，不过是对当下的一切，怀着感恩的心去呵护与珍惜。

"当我们遇见，应找到一处地方，看花、喝茶、并肩坐着，说些絮絮叨叨温柔而轻声的话。"喜欢这样的感觉。喜欢这样的

| 荷轩小语 |

情谊。纵使遭遇多少无常变幻，内心对真挚情感的向往与珍惜，仍然坚韧固执，生生不息。于是愈来愈用心地去对待生命里每一个值得珍惜的人。放下曾经的任性、清高、倔强，用一颗宽和的心，去面对自己亲爱的人们。

是的，宽和，而不是宽谅。觉得"谅"字里面，总有无奈和勉强的成分。而"和"字则不同，这个字里面有感情、有温暖，有用句词无法表达的情分。

其实，中年以后的时光，已不再是为自己活着。为家人、为朋友、为事业、为社会，只愿自己每一日不停歇的劳作，能于一人、一事、一域，产生一定的意义，便是最欣慰的收获。

你是否相信，当一个人不再处心积虑索取获得的时候，反而会有意外而惊喜的收获。

真的是这样的。当一个人放下诸多得失计较，反而能拥有院落里硕硕盛开的花朵，池塘中款款圆润的明月，树叶间飒飒而过的微风……种种美好，无邀而至。

于是拥有了气息相投的朋友，一起走过许多年许多年以后，忽然发现，彼此已经成为另一个自己，相对交流，仿佛临水而照，有着同样清澈的灵魂。

于是拥有了这样的场景：和心意相通的朋友，把桂花酒盏，持淡菊茶盅，相对清谈。那一刻，刚好阳光绚烂，金黄色的树叶簌簌落下。

于是拥有了这样的因缘：用心灵写下的文字，在某个时空与懂得她的心灵相遇。或者有时也不需要全然懂得，只是一瞬的感动，便完成了一次心灵交集。

是呀，这世间所有的相遇，都是久别重逢。

久别重逢之后的相遇，又何必计较与纠结。你所有对别人的好，甚至都不需要对方记得，只留给自己在某个安静的夜晚，伴一盏清茶，慢慢回想，那些温暖和光亮，会反射回来，照亮你自己。

人在红尘，被错综交错的尘事推搡着前行。在这样的过程里，渐渐懂得，真正的成熟，其实就是你经历了那么多人生悲喜、挫痛无常，仍然拥有微笑的脸和笃定的心。就是你看惯了那么多人世冷暖，依旧相信世间有美好，人间有真情。

这尘世的一切获得，都是恩赐。这尘世的所有付出，皆为责任。

就这样，用简简单单的真诚把自己晒在明亮的光阴下面，对所有相遇的朋友说："嗨，你好！"是呀，我就是这个样子，从没有改变过。你看阳光多暖，这世界，温润而美好。

|荷轩小语|

偶尔虚度

在网上买来淡青色简约花瓶，周末的上午去花市选几枝香槟玫瑰，一枝枝修剪好，插到注入清水的花瓶里。北国三月乍暖还寒，阳光似乎也是微凉的，透过窗棂浅浅映在花朵上面。我只静静看着花开，任时光一寸寸断落。虚度。

近几年工作很拼。一方区域的新建与变革，需要每一个参与其中的人付出真正用心的努力，我无疑是其中极为认真的一个。于我而言，在工作中没有只完成任务就好的概念，而是在履行一种使命。完成任务与履行使命，听起来似乎很像，但实际是大不一样的。每每想到于一方区域所应承担的"使命"，就会不自觉地去创新、去思考、去一板一眼地落实。于是很累，于是当身体反复出现过敏等症状的时候，会想到是不是跟这种"拼"有关系，于是有时会有意识地让自己放慢节奏，于是最近经常会想到,人或许真的应该,偶尔虚度。

周末晚上一个人去看正在热映的《绿皮书》,从影片轻松愉悦的音乐和漫天飞舞的大雪中走出来时,霓虹灯正明亮闪烁。经历了一整天的"虚度"之后疲劳尽失,才相信自己的身体真的没有什么实质性问题,或者不过是渴望着可以不用动脑筋只做个傻瓜牌观众的一场虚度。夜已深却没有丝毫倦意,如果不是过敏刚刚痊愈,还真想找个托尼那样的朋友去喝上一杯。

不想回家,于是一个人驾车慢慢开过流光溢彩的街路。那一刻略感孤独,但动了动念头,还是没有去呼朋唤友。实际上从没有真的把谁喊出来喝上一杯的时候。或者是真的不知道是否有这样的朋友,可以像独处一样完全放松和自然,而不用担心对方挑剔的目光或不理解的表情。

索性把车停在路边,在明亮夜色里想一想前尘往事。想起少年时的尖锐敏感,性格里有锐性的成分,有时莽撞甚至激烈。这许多年过去,不知何时变得温润下来,知道这世上所有存在,大多有其合理的缘由,不可奢求一致。许多当下看起来了不得的事,其实也没有什么大不了,完全不需要大惊小怪。但心里需要有一种温和却有力的坚持,让自己可以面对所有无常多变的世事,不至于手足无措,一直保持自己想要的平和安静。所谓名,所谓利,更是无须奢求,只是希望可以在众人心中渐渐有个模糊的形象,包括正直、善良、勤奋这些品格,就足够了。

| 荷轩小语 |

越来越享受和孩子们在一起的时光。常常想起那个秋日假期，一家人乘游轮沿长江顺流而下，不下船看风景的时候，洺洺会安静地在桌前完成他的假期作业，我倚在床头读书，舷窗外是哗啦啦的水声，却映衬得尘世更为安静。六岁的轩轩不久前顺利通过了魔方D1段位考试，成为吉林省通过这个段位考试年龄最小的孩子。她兴趣广泛，魔方、舞蹈、攀岩、主持……每次见面，就和我叽叽喳喳说着她许多最新的"成就"。于清澈流过的时光里感受着他们的成长，心底有深深安慰。人到中年，有时会下意识去思考关于生命的一些课题。孩子会让你觉得，生命原来可以永不枯萎，而且可以提前获得重生。

知道自己并不是有些不了解的人所说的"工作狂"，工作之外还热爱着许多事。比如下厨尝试一道干炒牛河，再把做法发给弟妹，等着她发做好的图片过来讨论一下，一起感受那琐碎而温暖的人间烟火；比如去花市买一束淡香花朵，插到雅致的花瓶里，看着它慢慢绽放；比如在某个阳光慵懒的午后慢慢读一册书，也不去探寻太多哲理和究竟，只让那文字在目光间自在清流；比如在清晨微光里伴着轻柔音乐做一段瑜伽，让自己的身心得以放松和舒展……做着这一切的时候，心里有一个不曾长大的孩童，不去问理由和结果，只是单纯而专注。

偶尔虚度。

在初春的夜色里，折一枝月色灯影，慢慢回家。

就好

周末，读一本书，看到这样的文字："只愿在时间中慢慢成为单纯的人。"

这一刻有些发呆。是呀，只愿。但需要世事允许。

始终是忙碌的。不知不觉中，在一个领域工作20多年了，从最初的只想通过刻苦努力完成自己的个人愿景，到逐渐意识到一个岗位赋予自己的使命和责任，这种变化是在潜移默化中发生的，也并因此变化得如此坚定。工作中面对每一份文稿、每一项事务、每一个人，会下意识跳出自己的好恶，而只考虑于事如何有益。有时静下来一个人想想，如果因为自己的缘故，可以让一个区域某个领域的工作完成得更好，也是在这世上活了一遭的意义。人到中年以后，在利益得失和存在意义之间，渐渐倾向于后者，而不会去计较一些细枝末节。

工作之余恋上下厨。人到中年是一个怎样的转折？可以让许多认为发生如此突兀的改变。以前曾觉得下厨做饭是可以社会化的琐事，而自己应该拿出时间做更有意义的事情。迁入新居，邀亲人朋友家中小聚，本想小试牛刀而已，却一发不可收拾。喜欢上把各种食材变幻成餐食的过程，用心做好每一道环节，把握每一道菜的分寸火候，辟谷期间自己不吃，但做好了看着家人们吃，心底的喜悦也是漫溢得无法言表。于是终于明白一餐一饭中渗透的感情、情分，是其他方式无法表达的深厚。

还有瑜伽。一天工作后太累，做不动，就起早练习。强迫自己在闹铃召唤下一跃而起，铺上瑜伽垫，在舒缓音乐中享受清晨的清澈舒展，在这样的过程里，身心放空，宛若通灵。坚持日久，从中体会到战胜自己的艰难与收获，是人生的又一种体验。

时间安排得盈盈满满，于是更为珍惜和享受可以安静下来的时光。那一日陪上海朋友到长白山万达小镇，清晨早起，远处有潺潺水声，近处有啾啾鸟鸣。信步。随手拍下酒店、阳伞、花朵在光影里的小小梦想，木栈道上的落叶，高高树木上方的天空。远山雾霭迷离，径旁垂露欲滴，那瞬间，做一个与尘世暂时逃离的白衣女子，安静而清澈。

这尘世永远没有我们想象和希望的那么美好。有时，会意想不到地被自己深深信任的人所伤。好困惑，真的想不清楚，为什么有些时候人与人之间看起来那么近，实际却离得那么远，远得极尽努力，仍是觉得面目模糊。我还是不愿相信那么深信的朋友是个不善良的人。但为什么善良的人，也会在一念之间，去伤害一个同样善良的人呢。己所不欲，勿施于人。一切体悟最后的结论仍然不是怨恨，而是绝不会让同样的伤害，发生在信任自己的人身上。

　　就这样行走在时光里，慢慢明白，人生原来是这样的一个过程，一直懵懵懂懂前行，不知道会面对怎样的境遇。而当在这样的过程里日益柔软，渐渐对世间万物和生命里邂逅的每一个人，都心怀温柔与怜悯，方知这是生命如此宽厚的馈赠。因此心灵慢慢走回孩童的简单清澈，成为阳光下微笑入眠的女子。

　　如此。就好。

|荷轩小语|

数学家和卖花姑娘

今年的夏天来得晚,已是六月却还有些微薄寒。天气也是多变,早上还是晴空万里、碧空白云,下午却已云涌风起、大有清雨欲来之势。

陪同美国回来的顾险峰教授师徒三人到北湖徒步。顾教授是美国纽约州立大学石溪分校计算机科学系和应用数学系终身教授,亦是数学大师丘成桐先生的弟子。他与他的科研团队参加中国(长春)海外人才创新创业项目大赛,不日将来长春参加决赛,这次来长是与相关方面洽谈项目合作事宜。我作为长春新区方面的代表和他对接,是源于工作。但我们周末一行先参观新区展馆再考察北湖科技园后赴北湖徒步,更多的却是在探讨和交流关于文学、人文、艺术和美学。

六月的北湖略显清瘦,明显没有草长莺飞的盛夏气象,大多数花朵还在迷蒙绿意里蛰伏,唯有黄色小雏菊和紫色薰衣草不管不顾地灿烂。今年北湖的水非常丰沛,把岸边芦苇映衬得格外翠碧,在温煦和风里于小桥流水间和数学家讨论文学和人文艺术,有漫步三维空间的感觉。

曾在顾教授的微信朋友圈读到他写的随笔，洒脱而深邃。很多题目简单得要命：《八月的天朝》《五月的香港》《六月的巴黎》……可是翻阅文字方知并不简单，于他的行迹记录之中暗含着对当地历史、人文、经济、政治……独到的见解与分析，更有大量优美的文字闪烁其中。他在《六月的巴黎》中说："文化的发展需要富足闲适的生活。很难想象在整个社会疯狂攫取金钱的时代，会有大量的人文和科技成果涌现。"读到此处，心为所动，暗暗地呆了一阵子。他还在这篇随笔里写下这样的文字："匆匆走过左岸，经过萨特钟爱的咖啡馆，经过了巴黎最古老的酒吧，倾颓的外墙上写着罗伯斯庇尔的大名，经过了丹东的铜雕，夜晚的巴黎有些清冷。拐入错综复杂的地铁通道，突然听到印第安人的排箫，在吹奏着约翰·列侬的《Imagine》。"这样的文风像极了一些我一直喜欢的专业作家，读到此处，谁又会想到作者是一个为了追求学术理想而十数年几乎不食人间烟火的数学家呢。他在《五月的香港》里写到和老同学相聚的场景："淡淡的眼神，淡淡的话语，我们都知道每一句轻描淡写的话语后面是怎样的惊涛骇浪和怎样的跌宕起伏。"是呀，他曾在读博期间被张朝阳的缔造者相中，一心想劝说他向商业领域发展，而且为他准备了一笔可观的投资。而他，最终还是选择了出世的学术道路，唯一的原因是为了做自己喜欢做的事情，这种执着和坚持后面，有着怎样的坚定与骄傲。

我曾在波士顿参加美东赛区预赛颁奖仪式上见到顾教授的恩

| 荷轩小语 |

师丘成桐先生。丘先生作为国际著名科学家,曾经先后获得"菲尔兹奖""克拉福德奖""沃尔夫奖"等世界级大奖,学术贡献和地位当然毋庸置疑,但最令我感动的却是他的颁奖仪式上演讲中所呈现的家国情怀。他说,他少年时即出国求学,上世纪60年代时,想回国而不得。改革开放之后国门打开,他第一时间就是踏上祖国的大地一偿一个游子的夙愿。自那以后这么多年来,他奔波于美中两地,一直致力于发展中国数学领域的教育教学,他有生之年最大的愿望,就是看到中国的科技发展超越美国。

听及此处,我禁不住热泪盈眶。只是因为我要随后做新区的推介更兼现场那么多科技精英众目睽睽,才强忍住要奔涌而出的泪水。一个旅居国外几十年、集国际盛誉于一身的科学家,始终保持着这样一种爱国爱家的家国情怀,这才是真正的崇高与伟岸。及后在顾教授的朋友圈看到一些丘先生的文字,我似乎是于其中找到了一些渊源与答案。丘先生有一篇纪念母亲的文章,题目也很简单:《怀念母亲》。他在文章中写道:"母亲除心地善良,性情温驯外,尚英明果断,对自己的亲戚或朋友,都先替对方着想,绝不吝啬,不叫别人吃亏,虽然在极度艰苦的境况下,她亦常常救济比我们更穷苦的亲戚朋友,甚至对不相识的人,母亲也常常慷慨相助。"我后来读到先生一篇《崇高的思想是创新最根本的基础》,他提出:"为了得到荣誉而来用功念书来做研究,这样做的研究,再高深也有限。……中国要开放中国学者的观念,不要因为荣誉或者考试,或者种种因素来奖励,要给他们一个自由的想法,要有一个崇高的思想,也是整个创新最根本的基础。"我在想,先生的学术造诣固然是先天聪慧加后天勤奋,而他始终依然如初的高尚与纯粹,应是与他那位高尚、善良而高贵的平凡而伟大的母亲,一脉相传。

从北湖归来回到家里,不知怎么心情却无法平静,又不知怎么莫名想起一个也非常平凡的女子。她叫娜娜,是长春青怡坊一个普通的卖花姑娘。3月北国气温回缓的时节,我去青怡坊选花,她小小摊位上灿烂绽放的雏菊、粉色玫瑰、淡紫草莓菊吸引了我,在多方对比之后,我在她那里买了近十盆并不名贵但却娇美的花朵。在结账时,她没有眈眈于和我讨价还价,而是耐心地逐一教我各种花朵的养护方法,并且认真地对我说:"花朵都是有感应的,你只要爱她,她便知道你的温柔与心意。不要慢待她们。"她的话语安静,却有一种说不清的力量,不由得让我对她看了又看。但无论怎么看她真的都是一个普通的女孩儿,瘦小、单薄、不施脂粉、不善打扮,走到人群里,转眼就会寻她不见。但却也奇怪,我却能从她瘦小的身体上感受到一种光芒,那光芒不那么强烈,却真的温暖而明亮。

后来我又在她的朋友圈看到许多她随意写下的文字。她发出一幅绿叶中安静绽放的白色花朵,配上文字道:"不沉迷过去,不狂热地期待未来,生命这样就好。"她拍下一张和母亲一起光顾她花摊的外国小男孩的照片,写道:"谁会在下一秒回来,谁

|荷轩小语|

会在下一秒离开。"她在一丛花朵中抱着她的宝宝安静地笑,写道:"以静水流深之心与这个世界相处,与他人相处,与自己相处。""找到最适合自己的生活,不贪心,量力而行,平稳踏实美好地度过每一天。"

在这个六月的午后,我想到他、她、他们……想到许多安安静静却有所坚持的人们,一些拒绝许多只为做自己喜欢的事的人们。这一刻,花在静静开,风在静静流,我因为他们,一些伟大的人、一些平凡的人、一些伟大而平凡的人、一些平凡而伟大的人,相信,这个世界,一定,会更加美好。

花在静静开

那个周末去一个精致童趣的小店，安静坐下来想想前尘今生。时光在咖啡香气里轰然驶过，一支曲子缠绕绵延，那么多喜怒哀乐、悲欢离合，在音符里纷然落尽，只余那一刻的静谧安然，与时光同在。

那个下午像一滴安静的水，潜入桂林路的喧嚣繁华。戴着墨镜在太阳下微微仰起头，路边有叫作"莲"的小店，"夺命小串"摊床前排着长长的队，一个女孩子慵懒地倚在恋人肩头。随意逛着，又选了一件白色的衣裳，披上她，春风就微微地，荡漾起来了。

一个雨夜在雷声中驱车回家，时光安静，用手机拍下室内小景：朋友送的透明香槟酒杯，女友精心绣制的水果十字绣，餐桌上的太阳花，莲花桌旗和童趣筷托……精致的细节和什物令人心生愉悦。

那一日弟弟、弟妹带侄儿洺洺、侄女轩轩到家中聚餐，午饭后四岁半的轩轩黏过来让我陪她一起玩儿，便随手拍下她奔跑的样子、调皮的样子、安静的样子、开心的样子、发呆的样子……

| 荷轩小语 |

在这样的过程里，仿佛看到她在奔跑中一点点成长，却说不清是欣喜，还是惆怅。

这一年里越发爱上下厨，于是和这样的文字相遇："做食物是永恒的爱的表达。没办法，你爱这个人，就一定会做东西给他吃。"确实如此。想起那一次侄儿洺洺参加学校组织的游学活动去美国，十几天行程之后回来，打电话说想吃我做的菜了，瞬间感到幸福感爆棚，那一餐饭做得那般用心，而且丝毫不觉得劳累，看着洺洺狼吞虎咽地大快朵颐，心中有说不出的满足。

这一年里也爱上养花，在阳台上用白色、金色花架搭建起小小花园，摆满玫瑰、月季、海棠、蝴蝶花、铁兰、草莓菊、雏菊、太阳花……有时清晨早起侍弄花草，拍下花朵的图片发到朋友圈里，色彩缤纷地在那里诠释着一种生活意境。某一天加班夜归，疲惫不堪，看到朱槿牡丹绽放新朵，粉紫和黄色纷纷攘攘，瞬间只觉得尘世喧嚣尽皆忘却。于是明白纵使万丈红尘百般无常，却总有安静角落，花在静静开。

于是心灵深处愈发安静下来，只是做回简单、单纯的自己。

行走。去到日本东京和美国的西雅图、旧金山、波士顿。东京是一座被水环绕的城市，空气干净得透明，日料健康精致，让人不由得觉得温润。遇到的几乎每个人都彬彬有礼，看不到烦躁与喧嚣。老人们独立而自由，在自己的世界里自得其乐。在和他们相遇问好的瞬间，心里会下意识地想到，其实，普通的人民都是一样的，善良而友好。

波士顿是一座富有浓郁人文气息的城市。参观波士顿公共图书馆，那里有超过1500万册藏书，藏书量仅次于美国国会图书馆和哈佛大学图书馆。罗马宫殿的外观设计、大厅中央的雕塑庭苑、文艺复兴时期的拱廊造型、馆内的精美雕塑和壁画，以及安静读书的人们，让人恍惚觉得是步入了一个人文殿堂。

| 荷轩小语 |

在旧金山的街头看到许多流浪汉,其中一些人骨瘦如柴,让人推测应是吸毒者。这是在国内看不到的场面,国内总会有收容机构负责这些人的管理。问起当地的朋友,朋友说也许这是因为美国的制度认为,流浪也是一个人的自由。可是,当这些流浪汉袭击路人的时候,路人的自由呢?

行走会让人看到一个多角的世界,汇同时光的推移,可以让人变得更为宽容和豁达。

还有感恩。六月温煦晴日里的一天,发微信给一位良师益友,清楚表达自己的感激。人到中年,知道许多恩情一旦领受,便与时光一起融入血液中,伴随一生,不可须臾忘却与辜负。

花在静静开。花朵是否也有许多回忆,在她绽放的时候,清新而明丽地回放。而于我而言,纵使光阴蹉跎,华发渐生,却依然愿意保持着一颗孩童般清澈简单的心灵,在自由的桃源里,流浪。

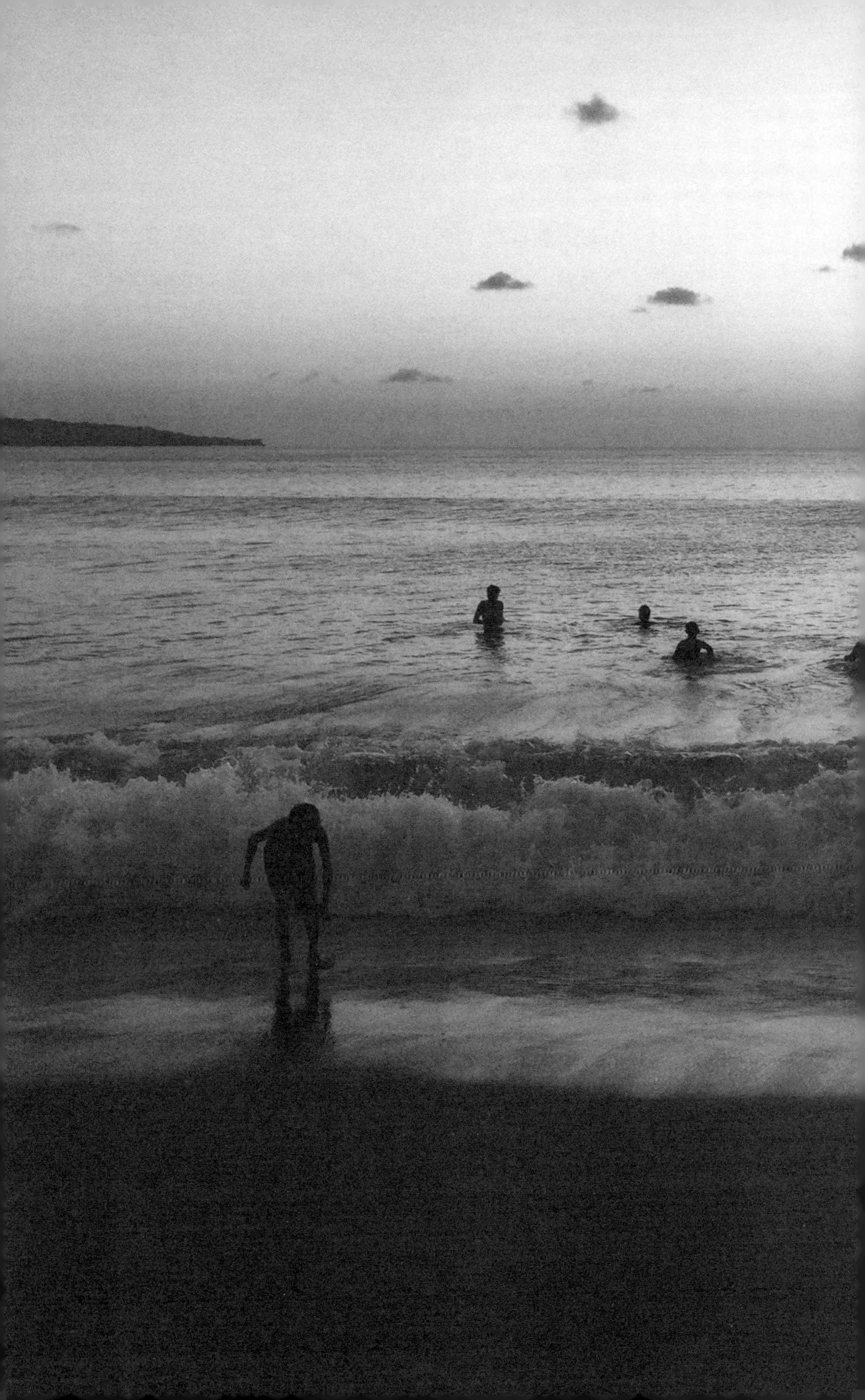

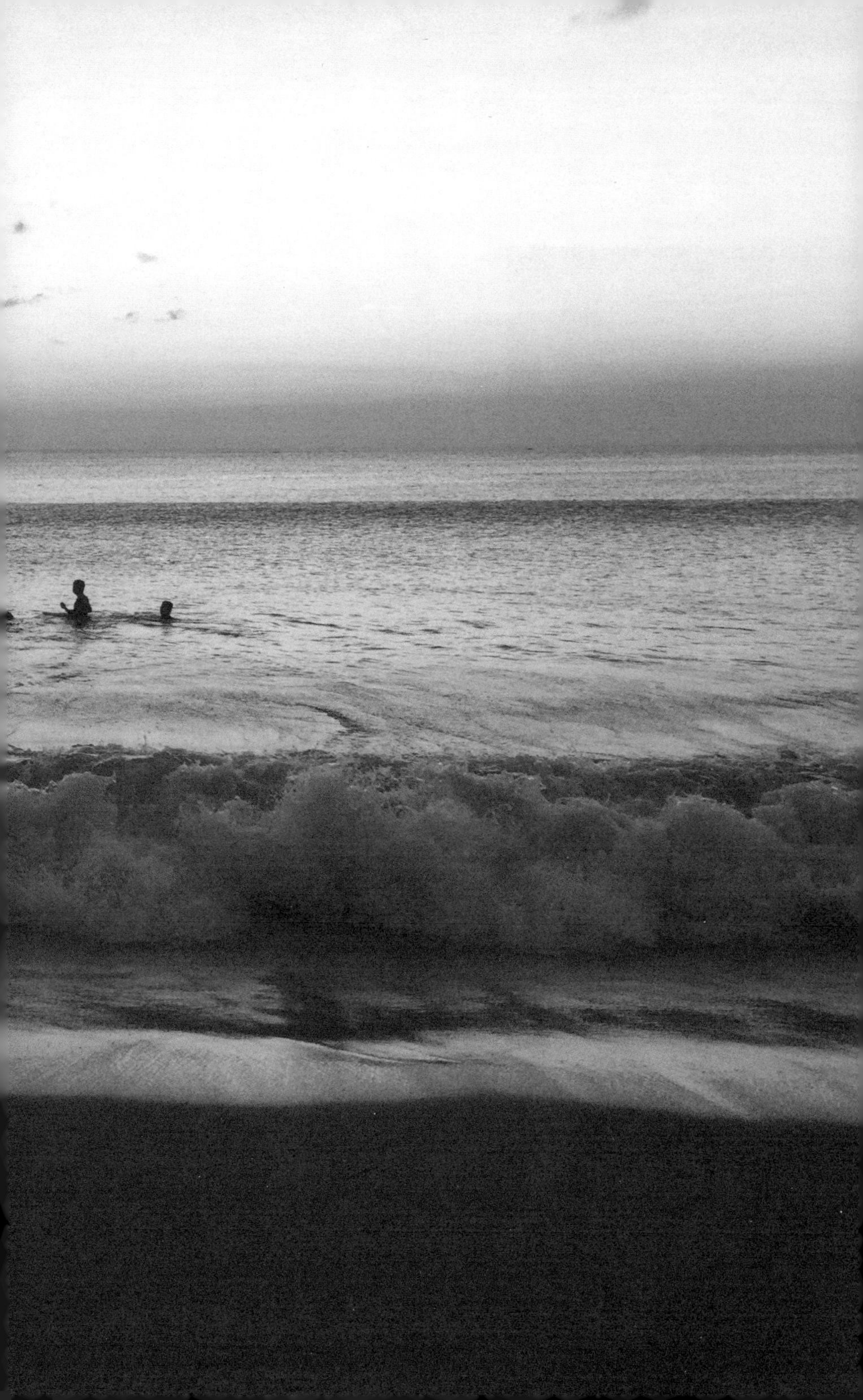

简单如白

就在细雨和微雪之间,窗外红的黄的枫叶纷纷落了,如同一枚枚清丽明亮的音符。

薄阴天气,白日里,书房依然要捻亮一盏台灯,那灯光,那落叶,那微微的雨雪,都刚刚好。

一直喜欢简单干净的一切,一场清澈的雨,一枚洁白的雪花。有时觉得在这样的心绪里慢慢走过四季,所有色彩竟都被这种心情简化,变得没有那般芜杂。

|荷轩小语|

　　记得夏日的一个雨后，早起去菜市场，刚好有新鲜杨梅上市，路过紫色薰衣草、粉红月季、星光般闪烁的碎花、喷泉和初生的荷叶，小径深处有浓郁绿茵，仿佛通向无穷尽的远方。坐在水畔石头上，四周有行人高高低低的语声，却也涳濛，让人竟不由得想到"暗香浮动"的句子。那一刻心境简单，一切美好以最原初的样子铺陈开来，宛若线条明快的画卷。

　　是谁说过，"这个世界最美妙的事之一，是在孤独中发现同类。"喜欢简单却深刻的情感，所幸在路上慢慢走着，可以邂逅和自己气息相通的同类。我和婉婉，相识十余年，一个在沪上，一个在北方，常常不能相见。那天深夜，她忽然用微信发来她唱的歌：《借我》，说："不知道为什么，第一次听到这首歌就觉得是你的，所以学了送给你。"我点击开来，听她用温婉声音轻轻唱道："借我一束光照亮黯淡，借我笑颜灿烂如春天，借我杀死庸碌的情怀，借我安适的清晨与傍晚……"那几日，我正处在史无前例的纷乱忙碌之中，身心疲惫，浓浓夜色里听这样一首安静的歌，不禁有泪光微微泛起，而我没有和她讲那一刻的感动，只淡淡说："嗯，确实是我的，谢谢亲爱。"

　　和孩童之间的爱恋，简单而美好。今年是我的本命年，过年时，五岁的轩轩说要送我一个礼物，她颇费心思地琢磨着说："送给姑姑什么礼物好呢？我有个戒指送给你？呀不行不行，我的戒指太小了，你的小拇指都戴不进去。"我说："是呀，那怎

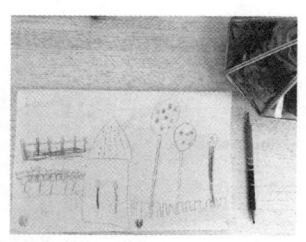

么办呢？"她认真想了想说："我给你画一幅画吧，彩色的那种，怎么样？"后来，她真的用红蓝铅笔画了一幅画给我，画作名字就叫："本命年"。她说："姑姑，今年是你的本命年，这幅画里有一座小房子，房子里有两只棒棒糖，房子的右边是葡萄树、苹果树和橙子树，房子的左边是花朵和栅栏，下边还有我送你的小心心。"

早就有朋友说："你这样一个简单的人，很容易受伤。"我一直不信，一直觉得，简单有什么不好，如同一泓清水，别人一眼就可以看透，谁也不需要提防我，不是很好嘛。可是其实真的不是那样。终于还是被恶意中伤。而且这种背后的人言，你无从辩解和说明。知晓的那晚，一个人躲在房间里流泪，觉得自己所坚信的许多道理，在现实面前，显得那般无力。困惑不堪中和一个朋友说起,他说:"相处久了的人,都会了解你的清高,这样的传言,你又何必在意。"那样笃定的信任,让我又一次几乎落泪。但还是没说什么,连谢谢也没有说。只是那几日里于忙碌中偶尔停顿,会想起那一幕,觉得有阳光,缓缓映进窗棂。

周末时候看了电影《无双》,然后一个人在重庆路的夜色里慢慢走。悠闲时光仿佛一个干净屏风,把许多事隔在思维之外,久违的轻松感觉。想一想,其实每个人大多时间都活在自己的角色里,而从政这个角色,有着极为明晰的固定期限,只有某一天谢幕了,你才会知道,哪个是真正的自己。在入世状态里想明白出世的事,才会真的洒脱,洒脱了,也就自在了。

把时光雕刻成一朵白色的花,绣在淡淡裙裾上面。那朵花就那样简简单单地开放,不需要任何诠释,她带给这尘世的美,已是全部意义。

荷·微光

新春，诗友在朋友圈发出一句话："拼尽全力，不过完成了普通的一生。"看到时有些发呆。后来他告诉我，这句话来自穆旦的诗："这才知道我的全部努力/不过完成了普通的生活。"

其实，谁不是如此呢？是日，夜静如水，读一本书，书页插图有素雅荷花，与我房间里的画似是有所呼应。她说："重要的是于这个世间曾经有所创造、分享、布施、给予。"这话似是回答了我心底的一个问题。生命终是有限而普通,或者,我们所能做的,也不过是以最大可能,给身边的人,和这个并不那么美好的世间,带来一些正向的影响,哪怕,不过是些许微光。

2019的新年在上海度过。当时正患感冒,本不应在那么寒冷的季节去与北方气候迥异的南方城市,但知道自己过了假期就会进入无边的忙碌,不想错过与友人们的这次相约,还是执意前往。

上海于我,是一座有太多记忆的城市,总是记得十多年前在浦东挂职时人们称我"张江的唐姑娘"那段快乐的时光。而今岁月荏苒,诸事变迁,却有许多情谊留下来,如同沙里淘金,更显珍贵。和友人相聚的时光温馨惬意,足以抵消感冒带来的不适。很庆幸有这样的一些朋友,天南海北,没有任何利益纠葛,只是经年友谊的自然延续,彼此欣赏和关心,都希望对方一切都好,知道近况就很开心,相处一直是淡淡的,却悠远绵长。在这样的过程中,深深体会到,其实,"朋友"两个字,任何人都可以随意说出来,却还是有许多人,并不知晓它的真正含义。而真正的友谊,是微光,是水晶,明亮而剔透。

春节期间,家人们分别从北京、济南、榆树赶回来团聚,一大家14口人济济一堂。新春几日我都在认认真真做一个厨娘,专注而投入,话很少,只是哼着歌儿不停地忙里忙外。有时想想觉得自己很像小时候看的书里那个寡言的母亲形象，这么想着，暗自好笑，从什么时候开始，自己从那个棱角分明的女生，变成了婆婆妈妈的女子。哥哥弟弟们都说我辛苦，我却只是觉得喜悦。记得蔡颖卿在《唯爱与美食不可辜负》一书中曾经说过："在厨房辛勤耕耘的人，总在餐桌采收丰美的果实。那些付出会结成亲族之情、友谊的芳香与质感的生活。食物是爱。"是呢，我这几日哪里是下厨，不过是换了一种方式的亲情倾诉，也或者说，是我用特殊形式，给家人们写的几首情诗。

春节前忙碌，但还是起大早去扫墓。电影《寻梦环游记》中说："一个人故去以后，如果在世的亲人不再想念他，他就会在另一个世界灰飞烟灭。"虽然知道那只是个童话，但却看得心惊肉跳。如何忍心让逝去的亲人在另一个世界感到冰冷，永远要让他们知道，只要生命在，就有一份执着的思念，永不停歇。

是的，我们每个人的生命，都如此普通。如果一定要探究意义，应该不过是一个人生命的存在，对于别人有一定的意义，哪怕是已经逝去的亲人。这样琐碎的温暖多了，就会映照这个尘世，变得明亮一些。

也在这个新年伊始，林清玄先生故去，在他的著作中读到这样的话："在穿过林间的时候，我觉得麻雀的死亡给我一些启示，我们虽然在尘网中生活，但永远不要失去想飞的心，不要忘记飞翔的姿势。"

| 荷轩小语 |

辑二

就这样坐在流逝里

远山云朵,雾霭微岚

飞去又飞来的白蝴蝶

一阕开满桃花的春天

三月风软。那些
融化在风里的水
轻轻一握
就会开出花朵来
一枝，一枝，都是桃
之夭夭

我在一阕曾经的诗词里
捡拾桃花
一列开往春天的小火车
车窗里，是那一年桃花
粉红色的容颜

我想在逝去的风里
留住桃花，还有那些
干净得透明的时光
穿过微风的长发

|荷轩小语|

轻盈,而婉约

桃花开在今年的风里
我的手心
却还是那一年的花瓣
她们温润、单薄
在唇间轻轻一吻,就
飘远了

在这个没有桃花的早晨
低声吟唱一首春天的歌
每一句,都缀满
桃花的
音符

那一枝微醉的桃花

诗歌不过是几枚温润词语
和春天的
一场邂逅

这个季节适合酿酒
适合在一株桃花树下
微醉
有一些迷离的念头

是谁在雪花的白房子里
已经停留太久
推开三月的门扉
就是妖精们
粉红色的腰肢
和她们
漫山遍野的舞蹈

我在云朵间坐下来

| 荷轩小语 |

用那把旧年的纸扇
写一首干净的诗
把雨滴和鸟鸣
写满
轻盈而透明的天空

这个季节适合酿酒
适合在一株桃花树下
微醉
有一些迷离的念头

夏日里的小茉莉

清晨如同一束小茉莉
缓缓绽开
随风而流的,是清澈水波
和,洁白清香

窗外实在太喧嚣了
贸易战,假疫苗
曾经道貌岸然的偶像被拉下神坛
有人在高声诅咒和谩骂
那么多声音汇成一股污秽的浊流

小茉莉有些孤单
在木格子窗前显得不知所措
翻开一页页史书
是的,没有哪一段是用纯色的月光书写

|荷轩小语|

横横竖竖,写满真真假假的文字

她走进生如夏花那首诗
她在那首诗句的小房子里暗自流泪
她在这个夏日有些彷徨
她的洁白如此单薄
但依然
安静地开放

盛夏的夜晚

今晚的夜色有点美
美得,像一个故事的续集

彩织街的灯光
是鹂黄书页里的诗行
每一句
都微醺得迷离

是在八月
莲花的淡紫色裙裾
有些安静
在夜色里,淡成
一缕微风

再饮一盏情谊

|荷轩小语|

让温暖
氤氲在盛夏的夜晚
谁在用梦幻的声音说
是的，总有些什么
可以
永恒

暮夏

我有荷花、月光、小雏菊
和流水一样
安静而柔软的回忆

我有走过的那么多山川河流
小村里的炊烟和雨滴
那个骑白马的少年
吹着竹笛

窗前的栀子花开了
她的芳香如同细小微光
我在黄昏里炒几个小菜
有时一个人把盏
有时不是

就这样坐在流逝里

| 荷轩小语 |

远山云朵,雾霭微岚
飞去又飞来的白蝴蝶
渐渐
只剩下最初的简单和纯粹

这暮夏之际
多么像人到中年
那么多奔跑的时光
已经不再让我
不知所措

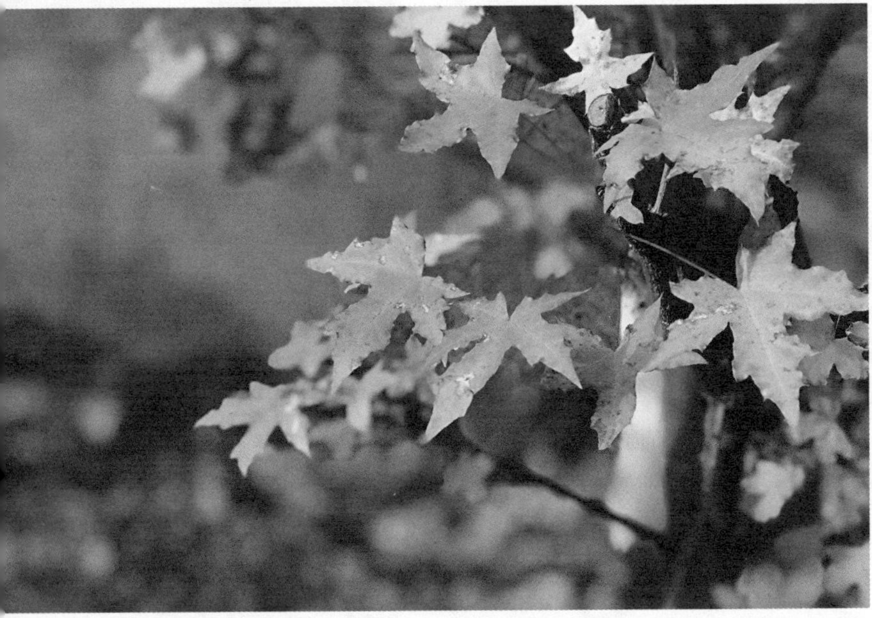

| 荷轩小语 |

秋歌

秋天,是从一枚枫叶
日渐明亮的歌声开始的
他有着孩童般清澈的眼眸和一袭
蔚蓝的青衫

我的白色裙裾
随着一枚明亮的叶子
在风中飘舞
随风飘舞的,还有长发
阳光,以及
纯净的鸟鸣
立体着,汇入秋天的音乐

流浪的水波
在清瘦的风中写诗

风

用桂花的香气酿酒

水做的宫殿里

是谁在临水吟唱

如花美眷似水流年

赤裸双足,我从秋天的宫殿

走向水边的亭台

那里有秋天最后的花朵

和妩媚水草

还有细瓷的杯盏,盛满

午后阳光

而远处山坡上的羊群

走着走着,就变成

天边的白云了

| 荷轩小语 |

我在一个多彩的梦境里
醒来的时候
月亮
已经推开了木制的窗棂
一群雁子
衔着一缕秋天的月光
向南方飞去

冬天
近了

秋,一枚飘落的诗歌

一枚秋叶,栖落在水草们

临水而居的额头

妖精着的花朵

绽放最后的妖娆

秋水瑟缩,和秋水旁瑟缩着的

红衣女子

一起听着叶子们多彩的歌谣

碧云天

黄叶地

| 荷轩小语 |

秋色连波

秋雨不断地下
淋湿了这个季节里
欲诉还休的传说
我的叶子也被淋湿了,还有诗歌
白色的羽毛

那把花伞,遗落在这株花树下面
已经千年
早已看惯了红尘的喧嚣
落花
和流水
该逝去的
也都逝去了
而北国的秋天
以一枚枫叶的形状和色彩
印上一本书
永恒的扉页

在秋天的中央读一本诗集

清俊的风,把季节唱成一只
彩色的歌谣
那些树叶的音符
清澈着,落在自己
阳光后面的影子里

在秋天的中央读一本诗集
时光的周围
是诗歌们白色翅膀
飞翔的身姿

我读到雪花酿成的酒
还有玉
成为玉的过程
一杯咖啡,在诗歌的窗子里
讲述一段唯美的故事

| 荷轩小语 |

是谁唤醒沉睡的胭脂小马,是谁
踏过秋天的流水
和落叶
饮尽露珠上那一盏
晶莹的月光

秋天的第一枚落叶

一定有些什么
还没有说出来
正午时光流动得
如此缓慢,她和故乡的河流
有着相同的呼吸

墨绿的遮阳伞,几盏
清澈得如此单纯的清水
秋天踩着几瓣落花
从小径深处走来
他有着天空一样
蓝色的衣衫

说不清留恋,还是
惆怅

|荷轩小语|

一首小诗在风中摇一摇

轻轻落下来,像是

秋天的第一枚落叶

没有飘雪的冬日清晨

雪花走过整整一个冬天
在一株松树的枝头
停泊下来
我看见她小小的白色翅膀
有些累,有些单薄

立春已过
北方却还是冬天
我在一阕南方的诗歌里
读到春天的喜鹊
她洁白的鸣叫
在月光下发芽

是的,我喜欢那些
白色的、唯美的事物
已经

| 荷轩小语 |

无药可救
比如,在没有飘雪的清晨
想象一枚纯净的雪花
在肆虐涌动的雾霾里
读一首
干净的诗歌

初雪

是谁惊醒沉睡仙子,和她
白色的梦
时光晶莹而阔大
我在她精致的花园里
打马而过

雪花
开了
她清秀的脸庞在阳光下
干净而明亮
微风摇动叶子的风铃
和,色彩缤纷的
鸟鸣

在初雪的早晨读一本诗集
蓝色河流在书页里潺潺流过

| 荷轩小语 |

是谁婉约的长发
在诱惑流水深处
白色的精灵

一杯咖啡的热气
在木格窗子里,开成一朵
温润的花了
她落在白色长裙上的声音
有些恍惚

真的,所谓四季
本就是时光变幻着色彩
不断开出花朵来的过程
你只需站在清澈水中
安静着
拈花而笑

118 \ 119

|荷轩小语|

四月无新事

四月时光如同一枚单薄的青果子，凉凉地印在额头。

清明假期，连续两天凌晨四点起身，赶在道路尚未拥挤之前去扫墓。先是和春志、镔镔一起去给先生扫墓，一路上不停地说着生活工作各项琐事。我和他们相见不多，所以更觉得有许多话要说。回来的路上都有些疲惫，我在后座上倦倦地睡了，醒来时看到春志将手臂搭在镔镔的肩上，两个人都不说话，却又仿佛述说着无限的深情和默契。车窗外是一望无际的田野，春草刚刚萌芽，还没有清晰的绿意，可春风确乎是真的来了，暖暖的，把阳光挑染得更为明媚。逝者如斯，而亲情还在以一种类似的方式，无声地传递。

清明当日和弟弟一起去给父亲扫墓，抵达墓地时天刚刚微亮，我们在斑驳光影中一起擦拭墓碑、摆放鲜花和供品，再在墓前给父亲点燃香烟。自然而然地说起家事。弟弟问我："我现在爱轩轩的方式是不是有点像当年爸爸爱你？都是宠爱得无以复加。"我想一想，只是笑了。弟弟也笑了，再转一个话题。我的脑海里却闪出轩轩和我小时候的影子，两个女孩儿的样子重叠到

一起，真的分不清彼此。其实这样想想，我们之爱孩子们，又岂止是在爱他们，亦是在爱着一个正在重新成长的自己。

和弟弟说起从父亲那里遗传下来的重视情感。父亲一生都把"情谊"二字放在最重位置，为了亲人、朋友，可以不计代价地付出。他的一生里因此吃了不少亏，但也收获了许多真挚的情分。我和弟弟的血液里流淌着父亲的思想，一直是以感情为重的人。曾经有亲人朋友说这是一种傻，可是有些骨子里的东西其实是改不了的，何况也从未想改过。如今人到中年，站在时光的河流中间，我们知道，这样的一种思想，是父亲赠予我们的无价财富，我们因此拥有了直抵心灵深处的亲情、友情、爱情，这一切，非真诚所不能得之。

3月14日白色情人节那天，她像一只轻快的小鹿跑过来，送

|荷轩小语|

我一本精致的小书——《快乐的人，都有温润的趣味》。过了些日子，我们几个人在一起喝咖啡，我送了三套蔡颖卿的《唯爱与美食不可辜负》和《用细节把日子过成诗》给她们。当时我们几个女子只顾得叽叽喳喳，某一天静下来回头想想，互相赠书真是一件很美好的事，因为它只在美好的人和美好的情谊中间发生。

猫儿在微信上发来她和清竹的照片，两个人一起在南方四月的花海，灿烂地笑。猫儿是一个爱花的女子，当她和自己的爱人在一起的时候，她也便笑成了一朵盛开的花朵，每一个举动，都叙说着正在怒放的情谊。

四月真的是一场花季。我也从青怡坊搬了一个春天回来，陆陆续续地，阳台和窗前陆续开满了各色的花朵：香槟玫瑰、缤纷月季、白色栀子、朱槿牡丹、香甜的草莓菊、温暖的黄蔷薇……有一盆叫作"长寿花"的小花，我放在了母亲房间的窗台上，书房的一角，则摆了一盆迎客松，清清淡淡的，伴着一室书香。那天母亲说我："事情那么多还养这么些花，会不会太操心了。"我说："为花操心，却是一件多么美好的事。"何况，在日日陪伴中，她们也似是成了我的友人，用渐次绽放的美丽，与我对话。

是呀，四月无新事。我喜欢这样安静平实的生活，一卷书，一盏咖啡，一束花朵，一缕阳光，一份又一份真诚清澈的情分。时光来了又走了，是哪个白衣女子，在斑驳光影里，轻数华年。

春事纪

春天是和窗台上那株粉色蔷薇一起缓缓绽放开来的。

和她们一起绽放的，还有人到中年之后，那种无法言明的宁静心绪。

连日忙碌之后的一个清晨，薄阴天气，时光微凉。早起换衣出门，不知何时小区里已是一派灿灿春光。桃花梨花杏花不管不顾一路开向荼蘼，浅粉与洁白，在淡淡绿烟中明媚娇妍得让人心疼。静静贴近与体会，仿佛听到光阴绽放的轻微声响。花开到最盛，也就要谢了，春事一场，许多美好，许多无奈。但花朵知道自己的使命，在能够绽放的短暂花期，呈现给这尘世以美丽。人呢？是否有花朵的聪颖与豁达。

|荷轩小语|

　　那一日的清晨光影里,我看到花朵,小径,骑单车飞速驶过的孩童,风,还有风中的我。回到家中,洗手,系上开满碎花的围裙,煮一碗面,炒两个清淡小菜。人的生命也如花朵般一期一会,过好自己的每一天,认真对待当下的时光,哪怕只不过是平凡的一餐一饭,其实也是我们的使命。

　　春事如常,与往年并没有什么不同。但承载在春日里的故事总是在发生着变化。又一个熟识的人失去了自由。正赶上电视正

热播《人民的名义》，我在人们的谈论中知道，大家对祁同伟的关注与议论，似乎更盛于身边那个熟识的人。一个人的光荣与卑微，在人们的议论中，变得如同一个陀螺般微小和普通。

在耳闻目睹那样的许多之后，在亲身经历那样的许多之后，怎么可能不更懂得珍惜。珍惜时光，珍惜当下，珍惜那些可以照见自己心灵的情谊。在一个周末午后，邀几个朋友到家中小聚，他们自称"愚人"，其实却都有着玲珑剔透的心灵。一阵阵欢声笑语，一轮轮妙语连珠，说的讲的似乎与友谊、真挚毫不搭界，但穿过喧闹的表象用心体会，可以感受到彼此相知的信任在言语中肆意氤氲。他们离开后，我把他们送我的花束一点点打开，把花朵一枝枝认真修剪后，插到注满清水的玻璃瓶里，拍张照片发到朋友圈里说：朋友们送我开满花朵的时光。

喜欢在春天的光影里读书、书写，写这清澈的时光，写在这时光里爱着的人们。在这样的过程里，我渐渐知道生命的美好，亦知晓了她的泾濛。有谁能知道，十年之后，我是否还在。又有谁还会记得，那个踏莲而过的女子，她的喜悦、她的忧伤，曾经共同浅酌清淡的场景，那一刻的安静，或者欢欣。月山梅枝，淡香疏影，所有一切美好的记忆，最终会放逐于风中，了无痕迹。而我如今，在用文字记录她。于是我想，也许，还有文字会记得。

这个春天，我在阳台上建起了一个小小花园，那里有倾慕已

|荷轩小语|

久的洁白栀子花,偶然邂逅的朱槿牡丹,简洁单纯的草莓菊,浓郁芬芳的香槟玫瑰……我在那么多清晨和夜晚用心去照看她们,看一朵朵花开,看一朵朵花落,我从中读懂了春天的意义,亦似是读懂了时光。

春天其实不是用眼睛去感知的。真的不是。

126 \ 127

以白雪，以安静

冬日时光薄而清澈，天色渐渐暗下来，但仍然可以看见窗外的雪，在幽暗光线下的晶莹光泽。喜欢在这样的时光里读书、发呆，仿佛小小书斋被雪完整环抱，于是整个世界都变得静谧而洁净。

那一日与友人小聚，其中一人忽然说："有一段时间，总觉得你的神情和言语里有凄凄婉婉的感觉，现在那种感觉渐渐少了。"我听了之后微微一怔。时光无声，却在不知不觉中改变着我们，而只有我们自己，对这种改变浑然无知。

是啊，怎么可能没有改变，在我们已经经历了那么多以后。

或许是在这样的过程里渐渐明白：每个人的生命里，都需要面对诸多苦痛和磨难，能够用一颗豁达的心，将其一一消融化解，是一种智慧，亦是一种能力，是可以让自己心灵丰盈而平静的必经之途。我们每个人，在这世上，都需要学会：承担。

而更加清楚的是在心底日益累加的感恩之情。在这样的过程里，有那么多亲人、朋友用他们温暖的笑容，陪伴我一路同行，让我不再感觉孤单。我甚至不可以再提及"孤独"这个词语，因为我的身边，真的有那么多的关怀、爱与温暖。

那一日去成都，和客居成都的叔叔婶婶一家相聚。婶婶说："成都十几天不见晴天，你来了，阳光就来了。"

秋寒料峭时节，春志差人送了几瓶蜂蜜给我，特意叮嘱说："这种蜂蜜对胃特别好，每天早晨用温水冲了喝，长期坚持，可以调理你的胃病。"

春节，哥哥弟弟三家都来家里过年，一家老小十一口人浩浩荡荡去南湖公园玩雪。七十七岁的老母亲和刚刚四岁的侄女儿轩轩都穿着大红的羽绒服，在雪地上开心地笑。

新年，两个小友特意定制了银质书签给我，上面刻着我喜欢的荷花和我新书的名字："此岸书"。

清竹和猫儿再度来长春看我，我们一起在领仕扒房喝下午茶，临行时轻轻拥抱，告诉我说："我们走了。但我们一直在。"

许多事情，看似平常，可我确实分明地知道，一切投入感情的举动都是无价，不是世俗的任何标准可以衡量。

宋代《梅谱》中记录二十六宜："淡云，晓日，薄寒，细雨，轻烟，佳月，夕阳，微雪，晚霞，珍禽，孤鹤，清溪，小桥，竹边，松下，明窗，疏篱，苍崖，绿苔，铜瓶，纸帐，林间吹笛，膝横琴，石枰下棋，扫雪煎茶，美人淡妆簪戴。"我读到

| 荷轩小语 |

时，觉得真是适宜得如此美好。但也明白，更重要的，是与你分享这所有美好的人，没有他们，所有良辰美景，皆是虚设。

此时，我就这样坐在开满白雪的夜色里，月光们轻轻落下来，在洁白窗纱上停下她们的翅膀。我心里充盈着的，是满满的感激。感激时光，让我可以在经历那么多以后，依然愿意用温情迎接而不是用冷漠对抗这个尘世。让我可以在堪透世事之后，依然相信只要对所有"别人"温暖相待，那些光亮就会反射回来，明亮自己的生命。让我依然可以固执地说出这样的话："喜欢单纯、干净的一切，情谊尤其如此。"涂抹了世俗杂质的关系令心底自成沟壑，无法达成所认同的完满，因此永远无法彼此成全。

是的，我愿与这个尘世温柔相待，以白雪，以安静。

| 荷轩小语 |

辑三

回忆过去时光

如同慢慢打开一枝洁净花朵

可以听到花瓣渐次绽放的细微声响

有淡淡清香

春天的江南

我相信诗歌已经
淋湿了长发
不要打伞了。就这样
走在雨里

还是在江南吧
婉约若一阕小令的

| 荷轩小语 |

前世
就站在烟雨蒙蒙的小桥边
数一数流水

戴上油菜花的花环
每个女子,就都是
春天的公主

一朵清瘦手指,绽放在
春风里
让夜慢慢地来
让春天慢慢地来
时光尚未老去,我
怎忍憔悴

朝游白帝城

我沿着江水顺流而下
找寻一首诗歌的源头
轻盈诗意,停泊在晨光和丛林之间
如同当年
那一叶轻舟

自从诗人在两岸猿声中穿过重山

|荷轩小语|

这里就叫作诗城了
自从那些谈笑风生的书生次第而来
这里就不复是简单的风景了
光影在竹枝词里斑驳跳跃
紫薇盛开

我追随那首诗和
秋日的微风,拾级而上
台阶古老
有墨绿青苔和淡青诗句
俯下身将它们一一捡拾
阳光下,如此晶莹

竹林窸窣
很想就此停泊下来
夜色涌来的时候
听一听
月光的声音

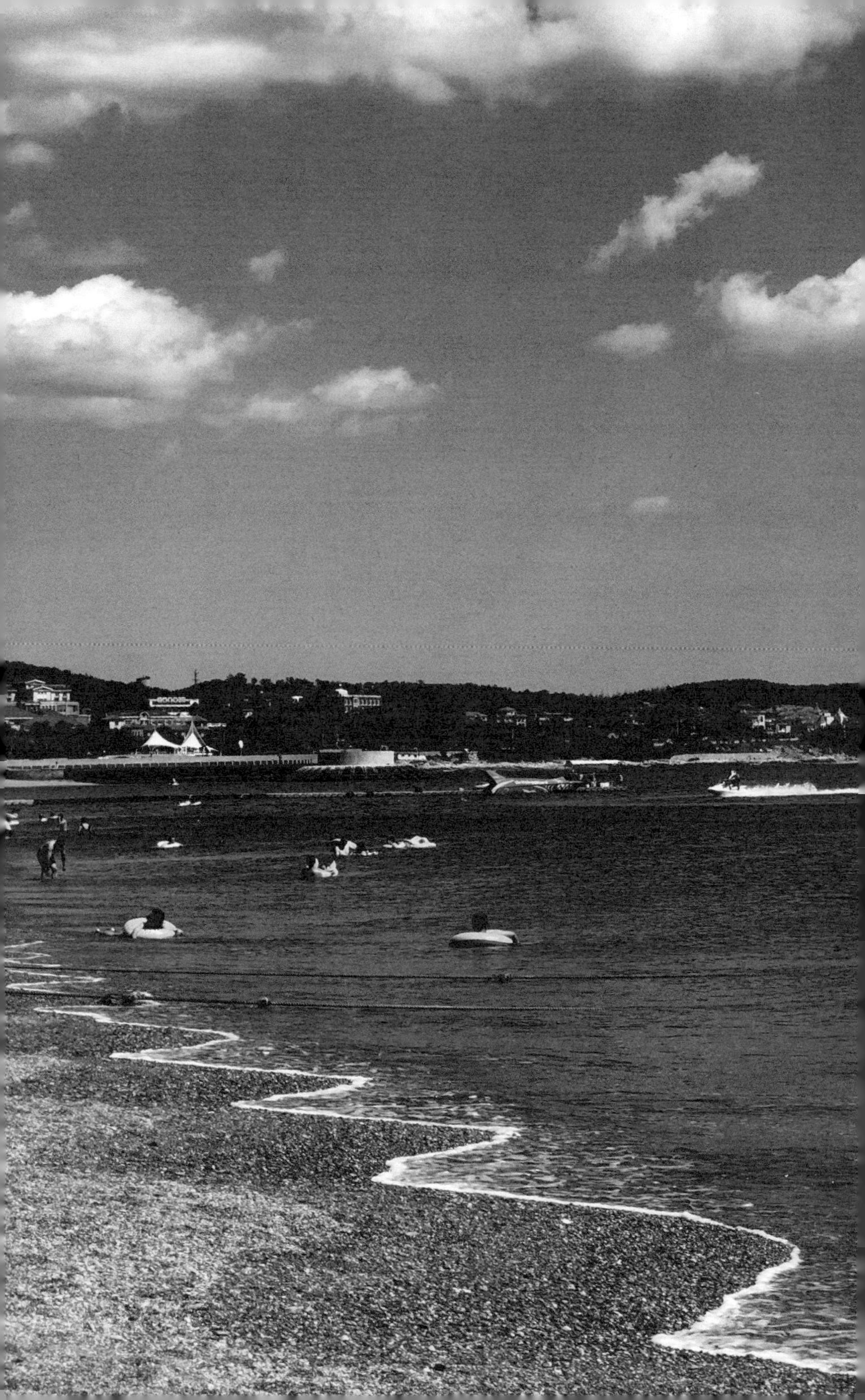

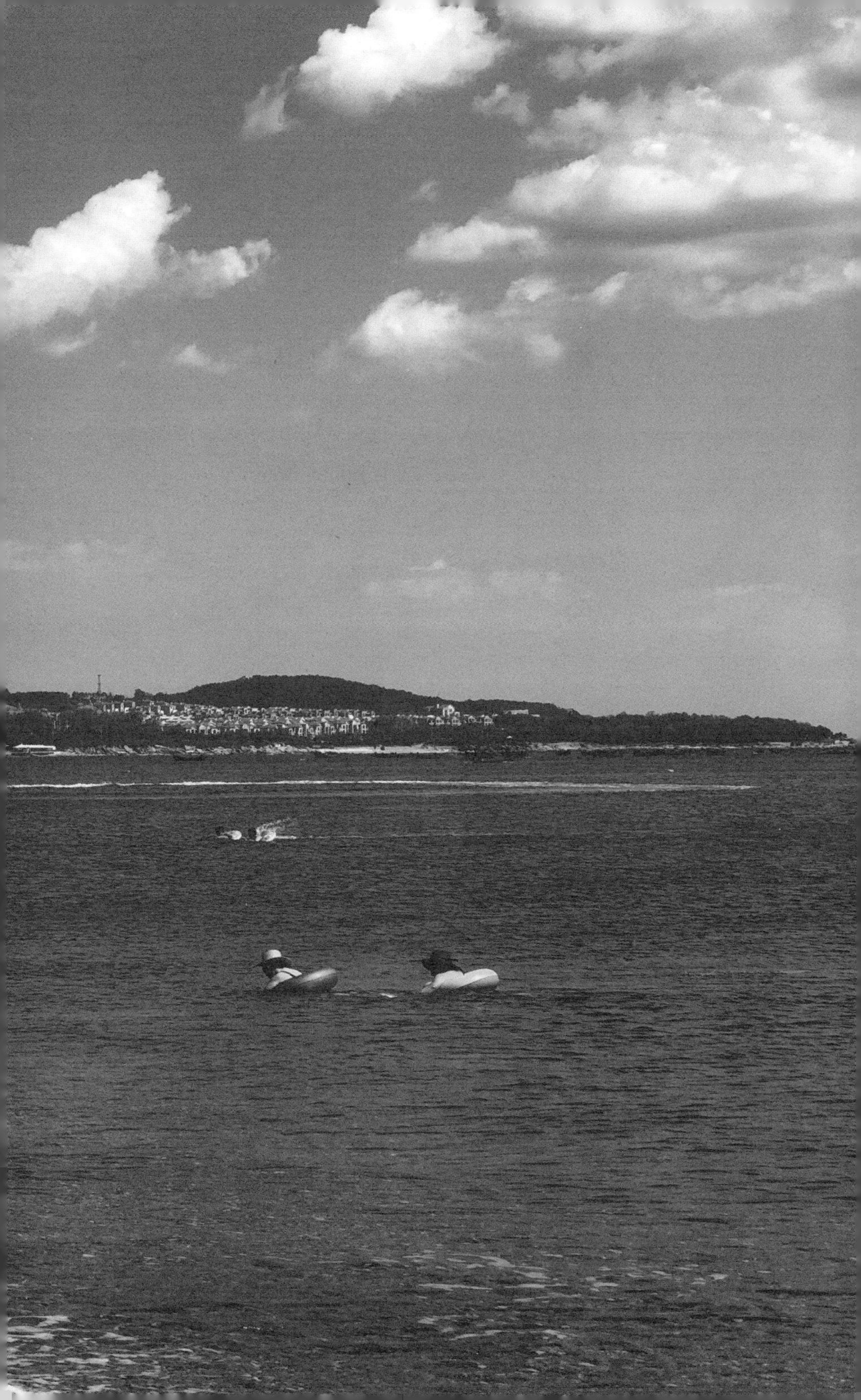

海,一枚心形的石头

是在渤海
今年的第一片红叶
在日渐清瘦的秋风里
脸颊绯红

那一袭青衫的书生没有来
那一缕轻扬的古笛
没有来
海水用不可思议的蓝色
声音
吟诵一阕抒情的诗词
古典,而唯美

这样的时光,和海
需赤足而过
需把长发挽起

| 荷轩小语 |

如同
千年前那个写诗的女子
又一次俯下身
拾起那一枚,心形的石头
和
蓝色的传说

在秦淮河边
读一读桨声灯影

动车穿过白色透明时光
送我到
300年前的河边

荷花还没有开
迎风招展的
只有画舫在微波中的影子
琵琶弦上的一缕清香
还有
那些泛黄古旧的故事
依旧动人

我是那个流浪太久的书生
骑着当年的胭脂小马归来
用清澈河水

| 荷轩小语 |

洗濯满是风尘的青衫

桨声轻微
我在红灯笼的光晕里酣醉
如果可以许我一段光阴
我只想用一阕诗词
在媚香楼上，与你
终老

箱根的早晨

清晨,有洁白鸟鸣
轻盈飞翔
岩石上生长的娇嫩花朵
用细小的声音
问候早安

| 荷轩小语 |

是在箱根
一个依山而建的日式建筑
阳台上摆放着白雪公主
和她的童话世界

有几个日本老人结伴而行
他们的话语里,流动着
曾经花朵般
明媚的青春

空气清冽
随风送来的来自远方的问候
让这个清晨微微地
微微地
荡漾起来

在小小三峡泛舟而行

一只乌篷船
从遥远的传说中,缓缓而来
它穿行过幽深峡谷的时候
满江翡翠细碎着
发出清澈透明的声音

和穿过树枝的光影一起飞翔的
是白色了千年的山歌
它栖落在枝头的样子
有些恍惚

| 荷轩小语 |

坐在船头写诗的女子
婉约而安静
她的长发在峡谷的绿色中起舞
风一吹
漫山的野花就开了
轻盈着,化作从悬崖上
滴落的鸟鸣

峡谷的那边
是种满故事的古老村落
有炊烟、青草、篱笆,和
江水一样悠长的爱情

诗歌用唯美词句,织成
不需醒来的梦境
那叶小小扁舟,古典地
停泊在诗歌的
中央

三峡的阳光

当我来到三峡的时候
所有诗歌
早已经先行抵达
我只看见透明的阳光
正在峡谷的峭壁上,绽开
淡黄色花朵

梳长辫戴斗笠的女子
把花瓣的意境放飞在水
白色的羽毛上面
她们好听的山歌
溅落到江水里的声音
清澈而明亮

乌篷船在狭窄的峡谷里穿行
穿过蔚蓝色的时光

| 荷轩小语 |

直抵一个遥远而深邃的梦境
野鸭悠然村落宁静
从岩石上横生出来的树枝
是清瘦飘逸的
碧绿诗句

80岁的母亲穿着格子衣衫坐在船头
她皱纹里的故事我一读再读
却一直不能够读懂
洺洺在低声诵读一首关于长江的古诗
而轩轩,轻轻地
轻轻地
把她淡粉色的吻
印上我的脸颊

我想起那首在两岸猿声里
孤独了千年的诗歌
而我现在
是被老人和孩子笑声所环绕的
女王

于是，我终于明白了阳光
真正的含义

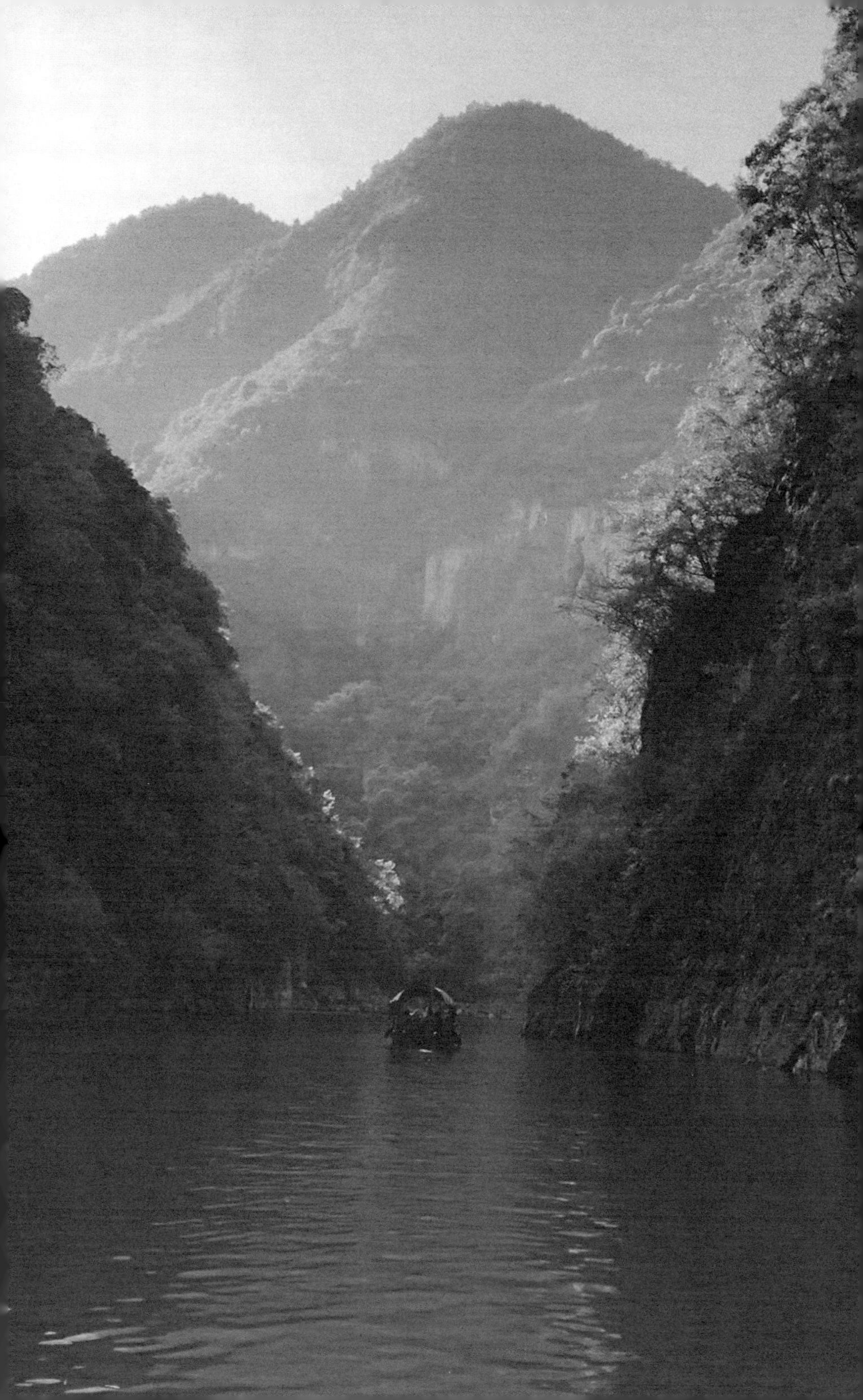

黄河边的小店

我家这一碗牛肉面的历史
和黄河
一样长了

我爷爷的爷爷的爷爷
也曾开过这样一个小店
店里一切都变了
只有四个字
从隶书变成简体
还写在墙上：童叟
无欺

| 荷轩小语 |

那时的店前挂着酒幌
那时的祖先留着长髯
那时的小店一直开着
不分时辰
那些纤夫、艄公
随时可以踱进来
来一壶老酒,吃一碗面

现在的小店有着古旧的招牌
我没有留胡须
门前写着"24小时营业"
那些日夜奔波的出租车司机
和
来自远方的旅者,走累了
进到店里
花7块钱,吃一碗面
赞一句:一清二白

你真的可以相信
有一些和黄河一样长的
也和黄河一样
没有变

青岩古镇物语

600多年了,那些古藤
盘绕交织
讲述的,是谁家的故事

夜色降临的时候
月光踏过屋脊的足声
干净而轻微
隐隐,还有周家公子
吟诵时宪书的声音

可是其实
一切都不同了
当年书店店主的后人
做起了银器的营生

|荷轩小语|

和举人的后代一起
开着满街的商铺
而赵家状元的传说
都变成了诸多猪蹄店,叫卖
状元蹄的噱头

檐前花开。有几枝
可以让归来的游子
忆起
乡愁

154 \ 155

|荷轩小语|

一朵野花盛开的童话

清晨,阳光轻盈跳跃着
把我唤醒
旖旎梦境定格在白色毡房里
喀纳斯酒的芬芳之中
还有阿勒泰兄弟歌声一样迷人的
豪爽与热情

拾级而上
伟岸沉默的山峦
用长长手臂
环绕
叫作喀纳斯湖的绿衣女子
山风,传颂着他们
干净而纯粹
绵延千年的爱情

我曾经爱过的一切

请原谅我的轻薄
我爱上了这里的山
这里的水
这里野性十足的山花
把一朵蒲公英轻轻放飞
漫山遍野，都是我
肆无忌惮的恋情

打马而过
在山风、牛羊、青草与野花中间
我是这草原上
自由的精灵
时光不再流逝
一点一滴，融化在
苍茫草原奔放而绚烂的
寥廓之中

|荷轩小语|

乘舟而行
我是五千年里
羽扇青巾的书生,把酒临风
把一首首婉约诗歌
放逐于喀纳斯湖的
碧绿水波

循着诗歌的踪迹
我变成湖水深处
一条白色的鱼了
用透明的声音呼唤同伴
在这一刻的洁白时光里
清澈游弋

金子的河

可可托海不是海
是一条
金子的河

峡谷外的风尘还不曾来过
这里有原来的天
原来的水
原来的山风
额尔齐斯河的源头

|荷轩小语|

奔涌着最初的
干净与清澈

有谁知道
看似热闹的尘世,我们
遗失了什么

面对神钟山
我读到阿米尔和萨拉的故事
山峰凝重
把一份蓝天般澄澈的爱情
雕塑成永恒

我在河边的岩石上坐下来
河水染绿了我的白色衣裳
想用湿润的苔藓
写一缕纯净诗行
却蓦然发现
她已经披着阳光的色彩
在碧绿河水中
静静地流淌

走过戈壁

沿阿尔泰山脉绵延而行
我从车窗外的寥廓之中
真正了解了一个词语

一望无际

我看见一只只骆驼
在悠闲地吃草,沉默
而安静
戈壁贫瘠
而驼奶浓郁

他们是否会感到寂寞

直到我看见在干旱土地上
和它们一样沉默而安静的植物
阿苇草、骆驼刺、榆树,还有
野生的蘑菇

| 荷轩小语 |

几千年里,它们已经习惯
彼此陪伴

在这里
一切哲理展露无遗
如此干净和简单
我于是停止思考
变得和他们一样
沉默而安静
而且明白
真的有些什么
可以永恒

车子驶过夜色里的戈壁
我们停下来
学着和这些简单的野草
一样思想和呼吸
天空变得很近
星光落下来
照亮从红尘里奔波而来
略显疲惫的灵魂

不愿遗失的梦境

早上,我看见远处的雪山
和近处的青草
野花恣肆
她们都有着美丽的名字
春天用温柔的唇,轻轻一吻
她们就变成多彩的蝴蝶
翩飞在阿尔泰山脉
透明的山风中了

正午阳光热烈
我看见草原上
自由的牛羊
在属于它们的天空下
无拘无束地行走
牧人和他枣红色的骏马
驰骋在绿色梦境中的时候
就变成了山坳里

|荷轩小语|

红色的风

暮色中，波光粼粼
我看见今世的轻舟
行驶在前生
清澈洁白的童话中
山水安静
这一刻的记忆将凝结成玉
还是会化成
晶莹的琥珀

我真的真的想
放弃千年的修行了
就变成这湖泊深处
白色的水波
写一写诗
做一做梦
偶尔，擦亮夜光的杯盏
饮一盏喀纳斯湖的
月光

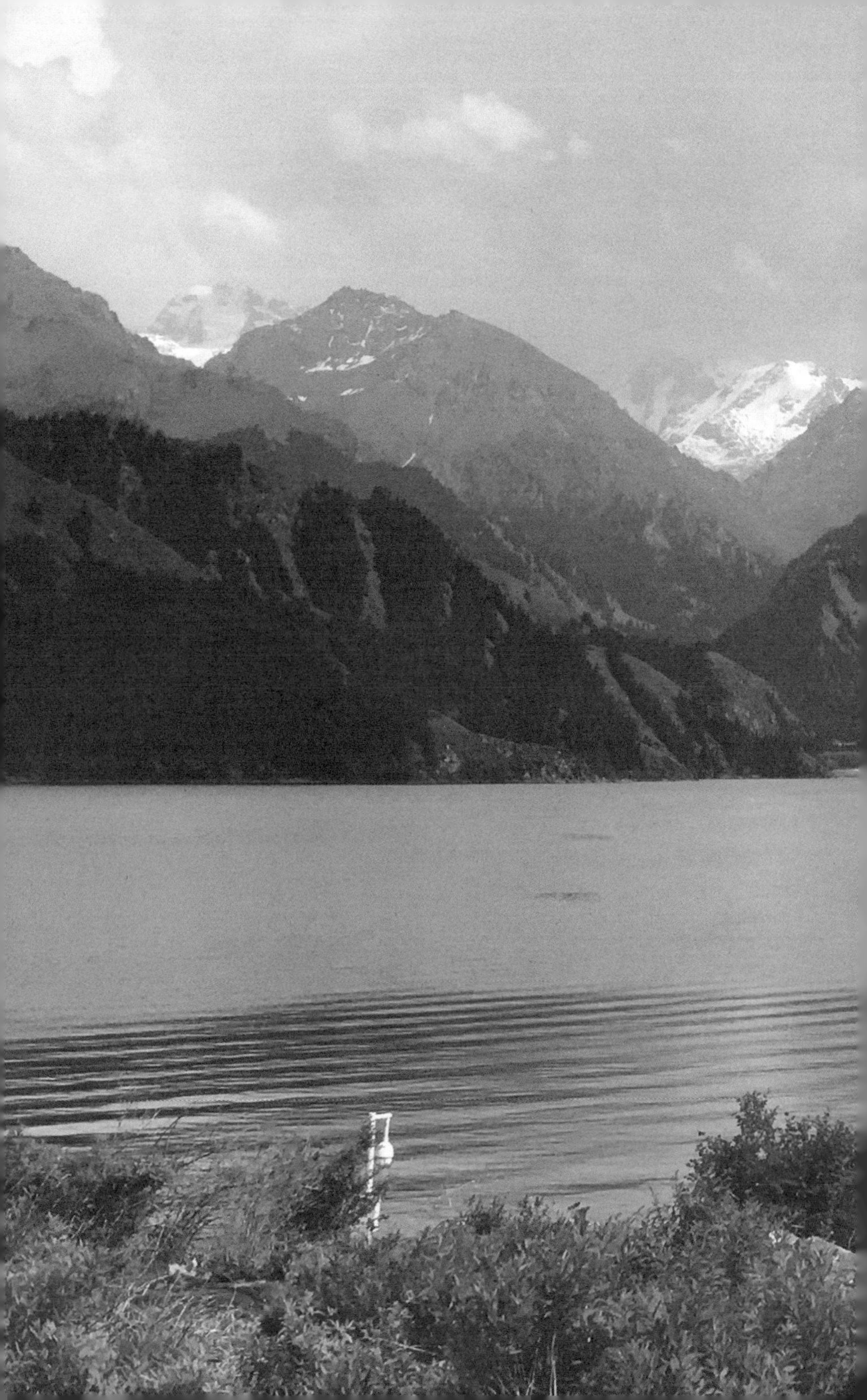

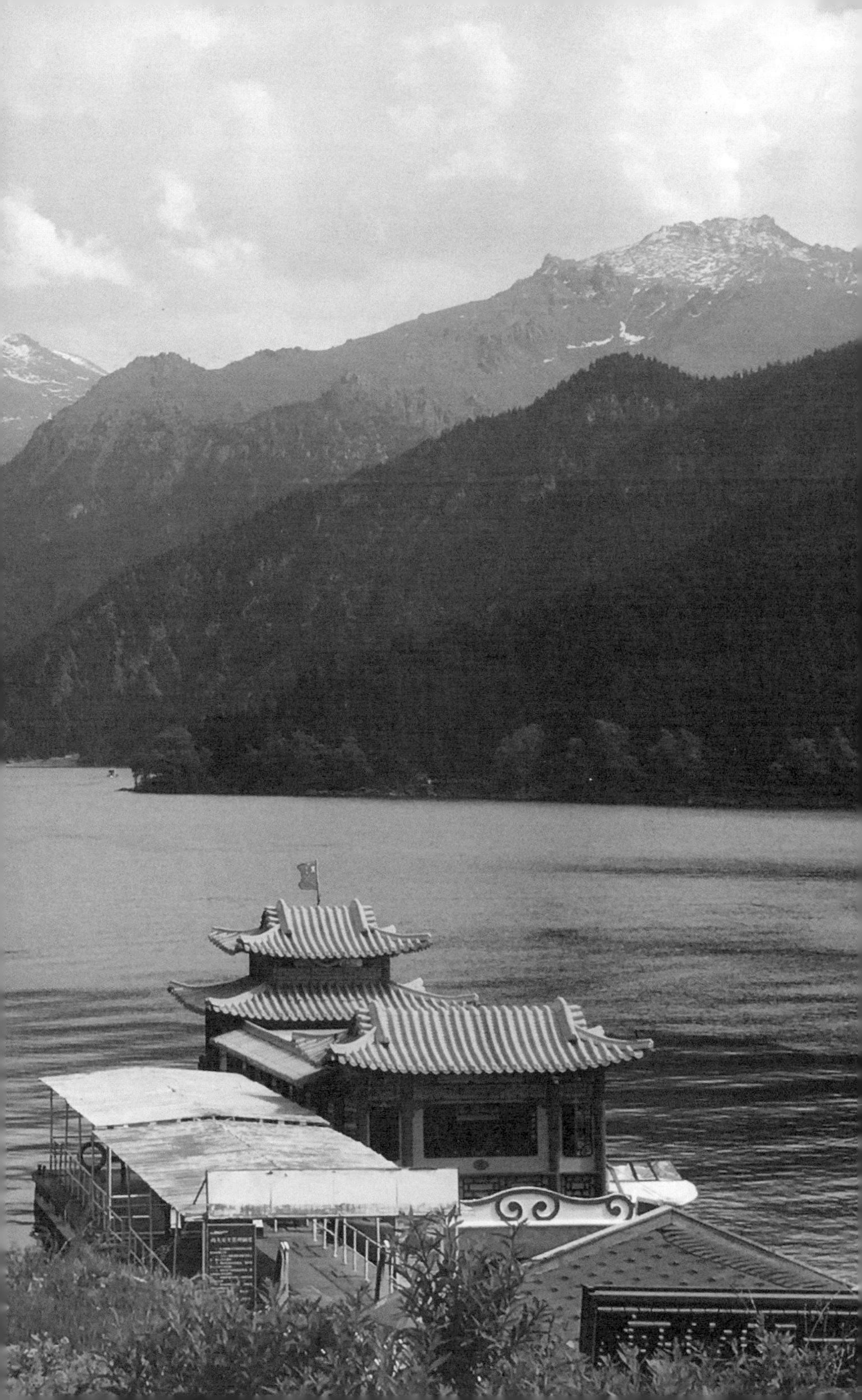

梦里明珠

仲夏
午后的光线有些慵懒
沿天山旖旎而上
就见到
梦里的明珠了

天池
远离尘嚣的素衣女子
在群山环绕下
温润而安静

凌波而行
两岸青松苍翠
神秘的博格达雪峰
巍峨倒影在水波中
微微荡漾

|荷轩小语|

慢慢行走在岸边的栈道
有终于抵达之后的疲惫与安静
雪山流下的水清澈而甘洌
掬水在手
是否可以洗濯
山外那个太多雾霾的尘世

如果不曾失去
也许不会懂得
多么好,这样的
干净与清澈

醉

我恋上这里的草原和湖水了
山水潋滟
金莲花和野芍药的花瓣里
盛满了，甘冽的琼浆
还有挺拔桦树流下的
情人的眼泪
饮一滴
便会沉醉

第一次知道
有一种酒，就叫喀纳斯
和美酒的醇香一起留在记忆里的
还有那一夜
草原的神秘与寥廓
一座座白色毡房
绽放在开满传说的土地上

| 荷轩小语 |

漫天星光
都是酣醉之后
写在天空的诗行

是啊,我们都醉了
醉在透明杯盏
叫作情谊的美酒里
哈萨克族兄弟的歌声
和他们热情淳朴的心意
与东北人的真诚融汇在一起
便是这世上
最醇美的佳酿

真想
就留在这山水之间了
做一个放浪不羁的狂生
以酒为墨
把美丽的诗行
写满草原

用一朵花开的时间

我知道
不久以后
我就会用一朵花开的时间
思念草原
和草原上那个被歌声
点亮的夜晚

留着长发的哈萨克族庄主
用他浑厚的声音，歌唱
美丽的传说
从长白山轻灵飞来的仙子
和遍野山花一起，跳起了
轻盈的舞蹈

山风、夜色，还有
远路而来的客人

| 荷轩小语 |

都是今夜
最奔放的舞者
月光为弦
弹奏出红尘中
最动人的乐音

是的,诗歌是山泉一样
流淌出来的
我感受到了她的战栗
与奔涌
她会不会漫过夜色
漫过歌声
漫过悠悠长长的思念
让那一刻快乐的瞬间
花朵一般
在缠缠绵绵的记忆里
永远
定格

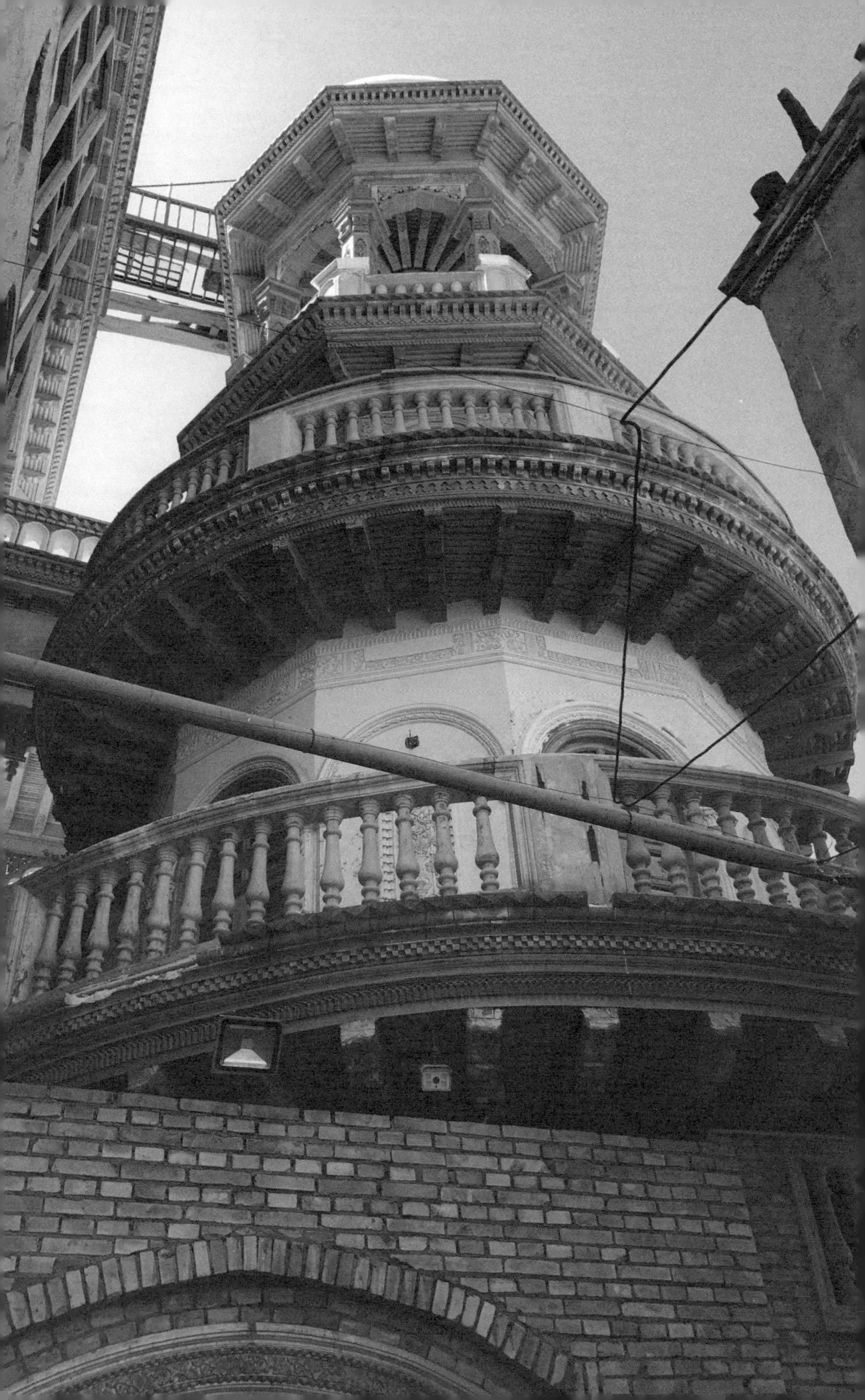

|荷轩小语|

在喀什噶尔古城
邂逅一位维吾尔族姑娘

在天空中俯瞰过戈壁、雪山
和大漠黄烟之后
就抵达
古时的西域了

仓促翻开2000多年的历史
我看到丝绸之路上
一座古老的城郭
斑驳泥墙
写满了沧桑

而今的古街有些安静
有人在临街制作手工的铁器和木器
再以低廉的价格卖出
很小的孩子当街嬉闹
和他打招呼的时候
他有些羞涩

就在这古街上邂逅一位维吾尔族姑娘
她围着白色丝巾
穿着用白色埃德尔丝绸缝制的裙裾
就那样端庄地施施然走过
像一位公主

她是否出身贵族
是否会遇见一个同样高贵的男子
带着她的安静和端庄养育他们的孩子
孩子有着和她一样干净善良的眼神
灿烂而温和

那时街头几步一岗的警察
大多有了新的职业
可以有更多时间陪伴他们的孩子
阳光依旧热烈
却很温和

|荷轩小语|

嵊泗·时光慢

　　回忆过去时光，如同慢慢打开一枝洁净花朵，可以听到花瓣渐次绽放的细微声响，有淡淡清香。

　　那年十一假期携母亲弟弟弟妹侄儿侄女到嵊泗岛度假，女友婉婉和她的朋友替我安排全部行程。登岛前在上海城郊惠南镇侬佳蒸菜馆品尝地道本帮菜，一起叙叙近十年的绵延情谊，旅程在这样的情意绵绵中开始，本就有了几分惬意。

　　近些年各地悄然兴起了许多特色民宿，我们乘嵊鹰2号轮渡抵达嵊泗岛，入住的就是一家名唤"霞晖一轩"的民宿。那是一座安安静静伫立在黄昏里的精致小楼，小小院落里有藤蔓缠绕的茶轩亭座，室内是简约田园风的装饰，时尚温馨。夜幕降临时主人亲自下厨烹制本地的海鲜家宴，有好几种鱼都叫不出名字，其中有一种"豆腐鱼"，自那以后，再不曾在其他任何一个地方吃到过。

　　后来去到一个叫作"嵊山"的小镇。

　　小镇傍水依山，街路沿海而建。沿着街路慢慢走，停泊岸边

午后
GOOD AFTERNOON

的一艘艘轮渡几乎触手可及。路边有整理渔网的母女，一辆辆摩托车无所顾忌地疾驰而过，木制的路标、喧嚣的小店、略显杂乱的水果摊、慢慢修一个电器的修理店的技工……从喧嚣的尘世忽然抵达这里，恍惚间真有浮生如梦之感，似是与真实的凡尘生活，瞬间隔绝了一般。

小镇没有什么固定的景点，沿路而行，每一个转弯处，又都有不一样的海的景色慢慢铺展在你的面前。午后悠闲，便只是在这画卷一般的时空里信步、发呆。去拜访悬崖上圣托里尼风的山乘小墅，走过晾晒着鱼干的渔家院落和爬满藤蔓的石墙，在高处眺望远处的海滩和灯塔，再坐在石墙下鲜花缠绕的秋千上，任海风轻轻拂过。海声喧嚣，却有一种能够让人从眼眸到心灵都安静下来的力量。再次想到那个词：浮生如梦。

黄昏时分回到临海的"青海湾"民宿，一家人在阳台上看海，切开新鲜的西瓜，在海风里大声说话。晚霞灿烂，光影斑

|荷轩小语|

驳,举目望去,一望无际的大海上有星星点点的轮船行驶其中,看上去懒洋洋的,让人也不由得松弛下来。我喝一瓶简装的卡布奇诺,坐在阳台的藤椅上,拿出婉婉送的书看,《总有一段时光,虚度在江南》,书中的文字,在黄昏的时光里,也显得有些懒洋洋的,随意而从容。

夜色逐渐深入的时候,我们沿海边街路信步而行,穿过一个隧道,就到了嵊山小镇的夜市。路两边都是热热闹闹的海鲜排档,游客不多,多数是小镇的渔民,忙碌一天以后,到这里喝点啤酒、吃些海鲜、高声谈论一些远远近近的事。我们商量着确定了一家小店来完成我们的晚餐,几个大人轮流牵着三岁多的轩轩的小手,不让她离开我们的视线。假日旅行,真的是唯有和最亲的人在一起才有意义的事情,在一家人自自然然的彼此呵护照顾中,已经有了太多的深情与恩慈。

夜归,原路返回,白天略显清冷的海岸边密密麻麻聚集了许多轮船,船上的点点渔火,将港湾点染得绚烂温馨。陪我们回民宿的当地朋友说,那是出海捕鱼、捕螃蟹的船只归航了。归航,多么温馨的词语,一片渔火中,这个词语温暖如灯光,跳跃、闪烁,温柔了茫茫海上,一个又一个夜晚。

小镇时光后,去到位于枸杞岛的三不客栈。

三不客栈的老板娘是一个美好的女子,她的名字叫作"苏苏"。

我和苏苏在三不客栈

客栈建在临海的山崖上。拾级而上，迎面而来的平台处看似随意地摆放着几个木桌，有的裸着原色，有的铺着红格子的方布，桌子上仍然是看似随意地摆放着绿植或者鲜花。客栈外面的墙角有一辆小巧的自行车，漆已斑驳，却在车筐里放置了一盆清雅的花朵，那样一种浅浅的颓废味道，伴着海风扑面袭来，让你不由得有一种沉迷的感觉。

苏苏那天穿一袭灰色的棉布衣裙，带纯天然的贝壳项链，纤细手腕上是檀木手链，浓密长发随意束在后面，面对着络绎而来、各色喧嚣的客人，热情而安静地微笑接待，淡定而从容。那天是台风天，海浪就在不远处肆意汹涌，巨大涛声和惊慌的人声互相呼应，而我在看到苏苏的瞬间，却觉得一切，都是那么安静。

|荷轩小语|

  果然,她很快就把所有客人有条不紊地安顿下来,开始亲手下厨做客人们的晚餐。晚餐中西融合,清淡可口,她和两三个侍者从容穿梭在客人中间,一直是那样的不慌不忙,温婉从容。

  晚餐后我们自然地坐在一起聊天并在微信上交流。她说:"世间所有的相遇,都是久别重逢。"我说:"是呀,好久不见。"隔山隔海的两个人,在客栈邂逅,竟就这样互相爱慕起来。总觉得美好的女子是大海里白色的鱼,有着相同的洁白触须,会用同样的方式,互问安好并情意缠绵。

  其实那个台风天我的心情略有忧伤。可是三不客栈的清新淡雅和苏苏的温婉美好治愈了我的心情。雨后我坐在略显潮湿的方桌前眺望远方,任时光一滴一滴在沙漏里滴落,慢慢等待海浪一点点趋于平静,静静看着重新出海的轮船渐行渐远,逐渐融入海天深处。

|荷轩小语|

辑四

花开的过程如此简单,

却也深刻,

如同生命。

飞去天国的翅膀

我最后一次呼唤你的时候
你已经说不出话来。眼角
流下了泪水

泪水中奔跑着
那么多光阴
我同样用泪水去清点它
却被铺天盖地的记忆
盲了双眼

我的双眼已是盲了,心
也盲了
可是我依然看得见你的泪水
在我最后一次呼唤你的时候

我知道,那是你写给我的

| 荷轩小语 |

最后一纸信笺
从此后,我要用余生所有时光
阅读那信笺里,写满了的
时光

我在你的泪水中
看到你
渐行渐远的身影
你要等一等
你要等一等
去往天国的路好远
又好冷
你不要驾云,也不要乘鹤
等我用你的泪水,雕成一朵
诗歌的莲花,那是我送给你的
飞去天国的
翅膀

雪花染上我的长发

是夜大雪
雪花纷纷，染上我
无助的长发
我一下子就老了
老到你曾经一直
想和我偕老的年龄

腊月二十八，就要过年了
年三十是除夕，也是你的生日
我知道，你不会在这样的时候
飞去天国
不会忍心让我一个人
面对窗外的灯火
不会把所有温暖
一下子关闭
只丢一个冷冰冰的世界给我

|荷轩小语|

你只是太累了
想休息一下
你用那样虚弱的声音
呼唤我的名字,来征得
我的同意
你把手那样踏实地
放在我的手心
用你的渐渐冰冷,感受
我的温暖

好的。我说。我同意
只是,只是
你要再看一眼我的新妆
雪花她染上了我的长发
在你的眼里,我是不是还是那样的美
像成为你新娘的那一天
一样

归来

我想把一首小诗
写在水里，写在风里，写在
燃烧的火里
写在
你可以听到
可以看到
可以呼吸到的
任何一个地方

这样，你就可以
循着这首小诗的香气
归来

那一刻，篱笆墙外的花朵
忽然就都开了
你和我并肩看天边的流岚

| 荷轩小语 |

是的，一切都没有发生过
你不曾去过天国
我也不曾，不曾
这样的悲伤

又到清明

> 死亡不是真正的分离,遗忘才是。
> ——题记

曾经绿色的四月,如今
白得如此彻底
风如残雪
在白色阳光里一点点融化
日渐消瘦的手指一伸到风中

|荷轩小语|

就变成一只只
白色的蜡烛

那一年飞走的雁子
已再不会回来
只留下空荡荡，用泪水
一次次仰望的青空

随着一朵白的云奔跑很久
才看到那座沉默的坟茔
我在四月的风中呼唤你的名字
一开口，漫山的花就开了
如同一朵朵
白色的星光

洺洺养了一株含羞草

我养兰花,她养牡丹
洺洺,养了一株含羞草

他拉着我去看绿色的叶子
用手指让它张开又合拢
含羞草原来只是一粒种子
如今已长出绿色的翅膀

我说有一天含羞草会张开翅膀飞走
会在下雨的日子
说着绿色的情话
洺洺说不信那是不可能的
他在绿色的阳光里笑着跑远

我好像看到了含羞草飞走的样子
忽然就
感到了忧伤

| 荷轩小语 |

养含羞草的男孩儿

——唐启洺作文集《成长的快乐》序

今年春节前,我和弟弟一家四口一起去青怡坊买花树,他们刚刚搬了新居,一切就绪,只缺几丝绿意花香。我们几个大人在偌大花市里转来转去,听到洺洺一直缠着他妈妈要求也买一些种子回家去养,我忙着选花树,也没有太留意。过了一段时间到他家里去,他急急忙忙拉我上楼去看他养的花,原来是一株含羞草。他雀跃着说:"姑姑你看你看,你用手指轻轻一碰,叶子就合上了,过一会儿,就又张开了,你再碰它,它还会合上。"他边说边演示着,我在旁看着他眼眸里闪烁的热情和喜悦,禁不住想去拥抱他,这个温暖的、阳光的男孩儿。

|荷轩小语|

仿佛一转眼,他就从那个襁褓中的婴儿长成了一个12岁的少年。马上要小学毕业了。老师有心,组织孩子们把小学时期的作文整理成集,并要求家长写序,弟弟便把编辑文集和写序这个光荣的任务交给了我。这么多年来文章写得不算少了,可是这个任务还是让我不一样的振奋和紧张起来。心里冒出了无数个念头:这个文集是洺洺小学时期一个重要的回忆,一定得编好;那么,我写些什么呢?写些什么呢?要怎样设计它的封面和内页……

待拿到他小学时期的所有作文逐篇编辑,还是有着许多讶异和欣喜,有一些文字,有着我意想不到的好。他在《醉美云台山》开篇就写道:"爸爸带我去过很多山,有泰山、嵩山、长白山、盘山、崂山……我也记得泰山的雄伟、嵩山的奇奥、长白山的神秘、崂山的脱俗……但最令我印象深刻的却不是这些山,而是坐落在河南省修武县境内的云台山。"一股脑说出这么多山,已经是这个年龄的孩子少有的见识,而把这些山都用一个恰当的词语形容出来,列出一连串的排比,更是见识之外的一种积淀,在这种情境下话锋一转,引出印象最深刻的云台山,我几乎想用"老到"这个词语来形容了。类似的妙处还有很多,比如《大青山风光》中描写奇石的排比句,以及《我是小导游》中流畅自然的导游词,很有现场感,颇让人觉得这应该是一个很称职甚至很成熟的小导游。还有课本剧《甘罗》,虽然只有两幕场景,但对人物的刻画很到位,栩栩如生,再次让人不由得想到"老到"一词。

阅读的过程中，让我更感欣慰的，是于字里行间读到了洺洺的成长。正如他在《成长的快乐》中所说："万物都要成长，人也要，在这个过程中，有快乐，有悲伤，有思念，也有烦恼。"也就是在这样一个多味杂陈的过程中，他成长着，渐渐成为茂密森林中有着自己独有的喜怒哀乐的一株小小树苗。他在《第一次做饭》中详细记述了妈妈教他做蛋炒饭的过程，在这个过程里，他不仅学会了做蛋炒饭，也体会到了妈妈每日下厨的辛苦。他写《我的土豆》，记录了土豆从种在水里，到移植到土里，并生根发芽的过程，在作文结尾他写道："这次作业让我感受到了劳动的辛苦和意义，也让我明白了要尊重别人的劳动成果，要珍惜粮食，不要浪费。"他写《30年后的我》，在这篇作文里，他不仅实现梦想拿到了奥运会冠军，而且，他和几个和他一样热爱体育的同学的孩子也都长大成人，获得了奥运会冠军。笔触虽然稚

|荷轩小语|

嫩,想法虽然天真,但却也让人于莞尔一笑中,感到一种欣喜。最让我感动的,是《<藏羚羊跪拜>读后感》《<藏羚羊跪拜>续写》以及《<凡卡>续写》,在第一篇文字中,他不仅阐述了《藏羚羊跪拜》这篇文字的深刻含义,还延伸谈道:"我们一定要用实际行动来让妈妈也体会到一种爱,叫'子女爱'。我们一定要懂得感恩,用实际行动来感恩妈妈。我想只要这样,整个世界都会充满了爱。"在第二篇文字中,他写那个曾经射杀藏羚羊的老猎人为保护另一只怀孕的藏羚羊而牺牲了自己的生命。我实在想不到小小的洺洺能够写出这样惨烈的结局,看完之后,心情激荡很久。在《<凡卡>续写》中,可怜的小凡卡最后终于回到爷爷身边,过上了幸福的生活。在简单的文字中,我读到了一个少年清晰的是非观和天性中的善良。这些呈现,比任何精彩的文字都更有意义和价值。

　　所有篇章,最让我感动,是写"情"的文字。洺洺从小就是一个重感情的孩子,而这样一种天性,浑然天成地体现在很多篇章中。在《我家的严父慈母》中,他用细致的笔触,描绘出了严厉的父亲和慈爱的母亲,而在文章的最后,他说:"如今,我慢慢长大了,知道我和妹妹有这样的严父慈母,是幸福的,也是幸运的。在他们身边,我感受到了家庭的温暖,也慢慢理解了爱的内涵。"这样的一篇文字让我欣喜和欣慰,透过文字,我看到的是弟弟弟妹这么多年的辛苦培养,终于结出了果实,他们教会了孩子感恩和爱，在这人世间，还有什么，比这更重要呢！在洺洺的作文里，他写父母，写姑姑，写妹妹，写老师，写同学，写他一直念念不忘的"大猫"……还写《爱如潮水》，他说："世间有许多用溺爱和暴力的教育，都是不对的，不要让自己的教育走入误区。"通过阅读我知道，他在成长着，在爱着，在感恩着，也开始用自己的心灵去体悟生命的意义，和爱的内涵。

2018年春日的一天，我写了一首诗，题目就叫"洺洺养了一株含羞草"，在诗句中，那个阳光温暖的男孩儿在绿色的阳光中笑着跑远。我知道，他会慢慢长大，他会慢慢跑远，拥有他自己的世界和天空。但我也知道，小学时期的这一篇文集，将会成为他生命里一枚重要的印记，陪他走过漫漫的人生旅途，并在某一日回首时，牵起他快乐和温暖的少年记忆。

|荷轩小语|

她的洁白翅膀

每个孩子都是上天派到凡尘的小小天使,这话一点都不假。

轩轩是我弟弟的宝贝女儿。她出生时,刚好我的第三本书,诗集《莲女子》正要出版,我特意让编辑在扉页上加了一句话:谨将此书献给一个叫"唐慧轩"的女孩子,她是我生命里一缕新生的阳光。

是的,对别人而言,她不过是一个普普通通、刚刚降落尘世的婴儿,可是在我,在我弟弟、弟妹心里,她如同阳光一般温暖和明亮。

从她咿呀学语,到蹒跚学步,再到上幼儿园,我们一直没有试图把自己的意愿强加给她,而是希望她如同一株清新植物一般，一点点自然成长。轩轩天生聪慧可爱，这样一种率性教育，保留了她天性里的灵动与俏皮，常常冒出许多稚嫩又可爱的语言来。

轩轩四岁生日那天，弟弟、弟妹带轩轩和她哥哥洺洺一起到我家里吃饭。我和老母亲、弟妹三个人一起下厨，做了一顿丰盛的生日宴，我还给她订了一个卡通图案的生日蛋糕。戴上生日帽、点亮生日蜡烛、许下生日心愿之后，大家问她："轩轩，过了这个生日几岁啦？"轩轩回答："四岁啦。"然后她忽然想起什么来了似的问起我们每个人的年龄，等我们每个人都认真地回答她之后，她忽然若有所思地说了一句："原来，我很小的时候，你们就都出生了呀。"这一句话，把七十多岁的老母亲逗得几乎笑出眼泪来。

我的工作很忙，加上业余写作，每一天的时间都排得满满的。可是无论如何，每个周末，弟弟、弟妹带着洺洺、轩轩到家里来的时候，我都会系上围裙下厨，亲手做一顿丰盛的家宴大家一起分享。那天一家人聊天，弟妹和轩轩说："你长得挺像姑姑，长大后能不能也像姑姑一样，会做很多事？"轩轩很肯定地回答："能！"又问："那你知不知道姑姑会做什么事？"轩轩毫不犹豫地回答："做饭！"大家笑，再问："还会什么？"轩轩为难地想了想说："盛饭。"再问："还有吗？"轩轩更加为难地说："还有盛汤……"大家在笑成一团的同时，也真切地意识到，其实在一个天真无邪的孩子心里，所有的社会身份都微不足道，一餐丰富的家宴，才是留在她心里，属于一个姑姑的最亲切的记忆。

　　轩轩在几个月前转入东师附小益田幼儿园以后，比以前更喜欢上幼儿园了，她说，益田幼儿园里游乐设施比原来的幼儿园多多了，而且，这里的老师更加漂亮、更加亲和。我和弟弟、弟妹从家长的角度，每周在阅读和书写"家园共育联系手册"的时候，则体会到了从孩子的视角无法体会的细心、耐心、与用心。老师每一周都会用亲切的笔触，以"亲爱的宝贝"开头，把轩轩在幼儿园的表现言简意赅地叙述出来，让我们第一时间知道她的进步和出现的问题，并把她在家里的表现和我们的认为也通过这样一种方式反馈给老师，在老师和我们心心相通的共同努力下，轩轩在发生着潜移默化的变化，她越来越懂得如何专注地去做好一件事，越来越懂得如何尊重长辈和老师，越来越广泛地接触各类知识和兴趣爱好。我们知道，在我们和老师之间，有一个共同的理念在发挥作用，那就是：率性教育。我们真诚地相信，在这样一种理念引领下，轩轩在幼儿园的时光，将成为她人生起步一个最重要的阶段，她将在这里，插上一双小小的洁白翅膀，天使一般，开始她人生旅途的第一段飞翔。

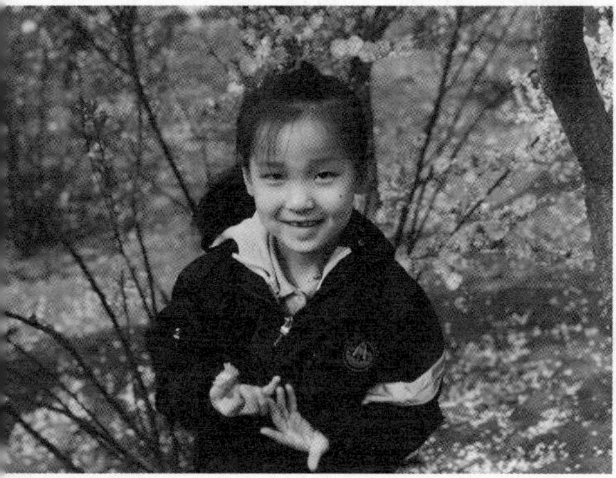

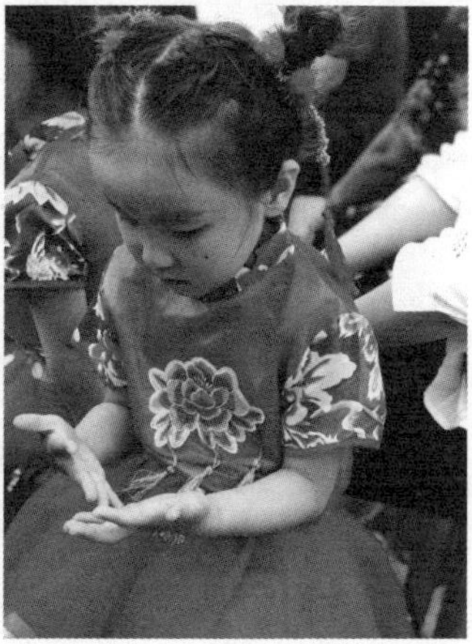

|荷轩小语|

姑姑的厨房

夜至，在温暖光线里，读一本温暖的书，蔡颖卿的《唯爱与美食不可辜负》。封面上，她一身家常打扮，笑吟吟地在莳弄一个花篮，花篮旁有随意摆放的白色餐具，两只红酒杯。看到她在书里写道："在厨房辛勤耕耘的人，总在餐桌采收丰美的果实。那些付出会结成亲族之情、友谊的芳香与质感的生活，不一定要奇珍异馐也能抚平人心，增进情感。"

曾几何时，我是亲朋眼里不食人间烟火之人。每天工作之余，只是读书、写作，偶尔健身、偶尔旅行，从不过问厨房之事。是从何时开始，爱上厨事，一年多时间，不重样地做出了200多道菜肴，还把我本来给书房的命名"荷轩"，变成了厨房的名字，每次下厨之后，晒到朋友圈，都标明"荷轩早餐"或"荷轩家宴"，那日竟有个朋友问我："荷轩在哪里？是否是一家私厨？"

所有下厨时光里，最幸福的莫过于周末，弟弟、弟妹带着侄儿、侄女一家四口过来，和我及老妈汇合，共同分享我亲手完成的"荷轩家宴"。这样一件事慢慢有了仪式感，慢慢成了我和亲人间最亲密的一种表达。

而这样坚持下来的衍生品便是，我成了侄儿、侄女眼中的专职"厨娘"。那天一家人聊天，弟妹和侄女轩轩说："你长得挺像姑姑，长大后能不能也像姑姑一样，会做很多事？"轩轩很肯定地回答："能！"又问："那你知不知道姑姑会做什么事？"轩轩毫不犹豫地回答："做饭！"大家笑，再问："还会什么？"轩轩为难地想了想说："盛饭。"再问："还有吗？"轩轩更加为难地说："还有盛汤……"

这故事不久之后又有了下集。又一天一家人坐在一起，问起侄儿洺洺对我们每个人最深的印象，洺洺依次说了对爸爸、妈妈、奶奶的最深印象，说到我时，踱步沉吟良久，说出两个字："做饭。"弟弟急着问他难道就不知道别的？他很认真地回答："可是我每次来姑姑家，她确实都是在做饭呀。"

就这样,我的平生所学、平生所为在两个孩子眼里都变得不值一提,在他们眼里,姑姑,不过就是一个会做饭的厨娘。

当我把这样的故事讲给朋友,当我一个人想起他们稚嫩的话语暗自发笑,内心涌动的却满是温暖和幸福。仅仅是一个厨娘就仅仅是一个厨娘吧,我倒真的幸福于他们能记住我厨房的味道。有一次开学季出差在机场,看到许多返校的学生,含着眼泪和家人告别。忽然有些恍惚,自然地想到,若干年后,洺洺和轩轩或许也会加入这个队伍,出门求学。到那时候,他们如果能想起我做的周末家宴,如果能在假期里跑到家里说:"姑姑,再给我做几个我小时候常吃的菜。"那一刻,不知道自己会不会开心得落下泪来。

在与食材餐具日渐亲密的时光里,对下厨也有了全新的认识。下厨远远不止是一种家常的技能,更是一种爱的能力。用食物表达感情,比任何诗句都更具体真切。"你若爱一个人,一定会想做很多很多好吃的给他(她)。"真的是这样。

在我们的影响下,11岁的洺洺和4岁的轩轩也都走进了厨房。周末家宴之后,洺洺经常会系上围裙到厨房刷碗,帮我们做清理工作。轩轩也偶尔帮忙,像模像样地洗菜、下面条,做一些简单的事务。有时看着他们的小小身影在厨房忙碌,心下觉得欣慰。一个家庭,需要每个成员共同的努力和付出,在这样的过程中付出爱和感受爱,愿他们在这些琐碎家事中,体会到世间最真实深切的情感。

　　轩轩就要到五岁生日了，我给她买了Hello Kitty梦幻移动厨房作为生日礼物。她非常喜欢，和哥哥一起把所有组件组装完成后，就煞有介事地拿着粉蓝色小锅给大家做"红烧茄子"吃。而我，则做了一桌真正的生日宴为这个小天使庆生。一家人举起酒杯说着祝福的话，那一刻，夜色安静，灯光明亮，这世间，温暖平和。

|荷轩小语|

食光与爱

婉婉发来上海生煎包的图片，配三个可爱的文字：小食光。

小食光。喜欢这三个字在唇间的感觉，像是冰凉甜点里细碎的西米露，甜糯而圆润。

这天早上和母亲两个人的早餐，做鸡蛋炒蒜薹，把秋葵煮好后一根根从中间切开，用适量生抽炒蒜蓉和红青椒，淋在煮好的秋葵上，我叫它"温拌秋葵"。在超市买来台北一来顺的关庙面，煮好后用少许淡奶油拌匀，加上意面酱和内蒙古的蘑菇酱，这种中西乱搭的做法，味道竟然出乎意料的好，发图片到朋友圈里，苏苏给起了个名字，叫"中式意面"。

蔡颖卿说："在厨房辛勤耕耘的人，总在餐桌采收丰美的果实。那些付出会结成亲族之情、友谊的芳香与质感的生活，不一定要奇珍异馐也能抚平人心，增进情感。"深以为然。

但其实在过去人生的大部分时间里，我没有这种认识。年少时母亲教会我厨房的所有事务：炒菜、做饭、包饺子，甚至包农村的黏豆包。长大成家以后，先生不愿意让我辛苦，一直雇人料理家务，除了节假日之外，再也不用下厨。倒是先生过世后，母亲不想再雇人做家务，而我又不愿意让母亲一个人忙碌，于是重新走进厨房，找到一个厨娘的感觉。如今恋上下厨，并在厨房累日重复的操作中渐入佳境，享受着厨事乐趣之余，回想起漫长婚姻生活里先生对我的呵护怜爱，而我竟然从没这样密集地做餐食给他，心底有无法言说的歉意与伤痛。而那一切感伤，已经都是无益之事。

搬到新居后的第一餐，是和春志一家共同分享。与先生十几年的婚姻生活，一直拥有着他毫不保留的呵护爱怜，在他去世之后，才知道我亦收获了他的家人为我的家人。先生故去以后，这一家人对我的怜惜与照顾，是我度过那段艰难岁月最重要的支撑。而那一日，我举起酒杯的时刻，却说不出感动的言语。但我想，他们能从我用心呈上的一桌餐食里，读到我的心意。

清竹与猫儿远道而来，只为庆祝我的乔迁。他们是南方清秀俊逸的佳偶，他们的身上，都有竹子的清癯气质。我们认识的时间不长，在一起的时光很少，但我知道他们是我温暖亲切的依靠，24小时，无论我在何时、何地发出声音，都会收到他们即刻和真诚的回应。在经历过那么多岁月骤然给予的变故以后，我有时会对命运充满难言的恐惧。我不知道在今天的平静后面，掩藏着怎样的变化，但我知道我如此珍视与他们之间的情谊，恨不得紧紧握在手里，以能够确保可以不会失去。我用东北的嘎牙鱼炖

| 荷轩小语 |

豆腐招待他们，配上鸡蛋炒丝瓜、虾仁炒西葫芦、松仁皮蛋拌菠菜，用菠萝煮饭，米香里带着菠萝的甜爽。他们吃得很开心，猫儿一边低声提醒清竹晚上不可吃得太多，一边又怜爱地纵容着他。我被他们的幸福所感染，觉得那一瞬间洋溢在小小蜗居的真挚情感，漫溢到了全部的世界。

新居因为还残留着装修的味道，所以不能常住，但每周我都会和母亲到新居度过周末。而每个周日，是弟弟、弟妹、侄儿、侄女一家过来和我及母亲团聚的时光。每到这一天，我和母亲吃过早餐后，就会早早去市场采购中午的食材，回到家里就开始准备中午的家庭大餐。香煎大明虾、西红柿酿豆腐、炸藕盒、烤羊腿……为了每周一次的家庭大餐，我不断研究菜谱，推出对我而言从未尝试过的各种菜肴。最欣喜的，便是家人团团围坐，把一桌菜饭一扫而过的时刻。看着侄儿洺洺狼吞虎咽的吃相，听着三岁半的侄女轩轩用稚嫩的声音说出："嘟嘟（姑姑）做的什么菜都好吃"，那刻辰光，真的觉得所有幸福从天而至，把我的身心一丝丝一缕缕，温柔缠绕。自那以后，无论多么重要的聚会，如果和这个时间冲突，我都会婉言推拒。每周一次的家庭聚餐，像是为亲情而设的一种仪式，它是我向家人表达爱意的特殊方式。

爱上食光。爱上爱。曾焱冰说："做菜的时间或长或短，食材的选择或奢侈或简单，但享受这个过程，不是粗糙地用一些食物把自己囫囵填饱，而是慢慢品味，在视觉和味觉上都得到满足，并把更多的时间用来享受和喜欢的人在一起消磨。"当我读到这段话的时候，已是人到中年，经历了小半生懵懵懂懂的前行，也想过成名成家，也有过偶尔膨胀。而此刻，我不过是一个平平凡凡的女子，做着一份自己喜欢的工作，写着自己从心灵里流淌出的简单文字，并且，那般投入地爱上了把一样样食材变成餐食的过程，享受那个过程里的芳香与精致，以及付出爱意后，那一束束阳光般，明媚的回映。

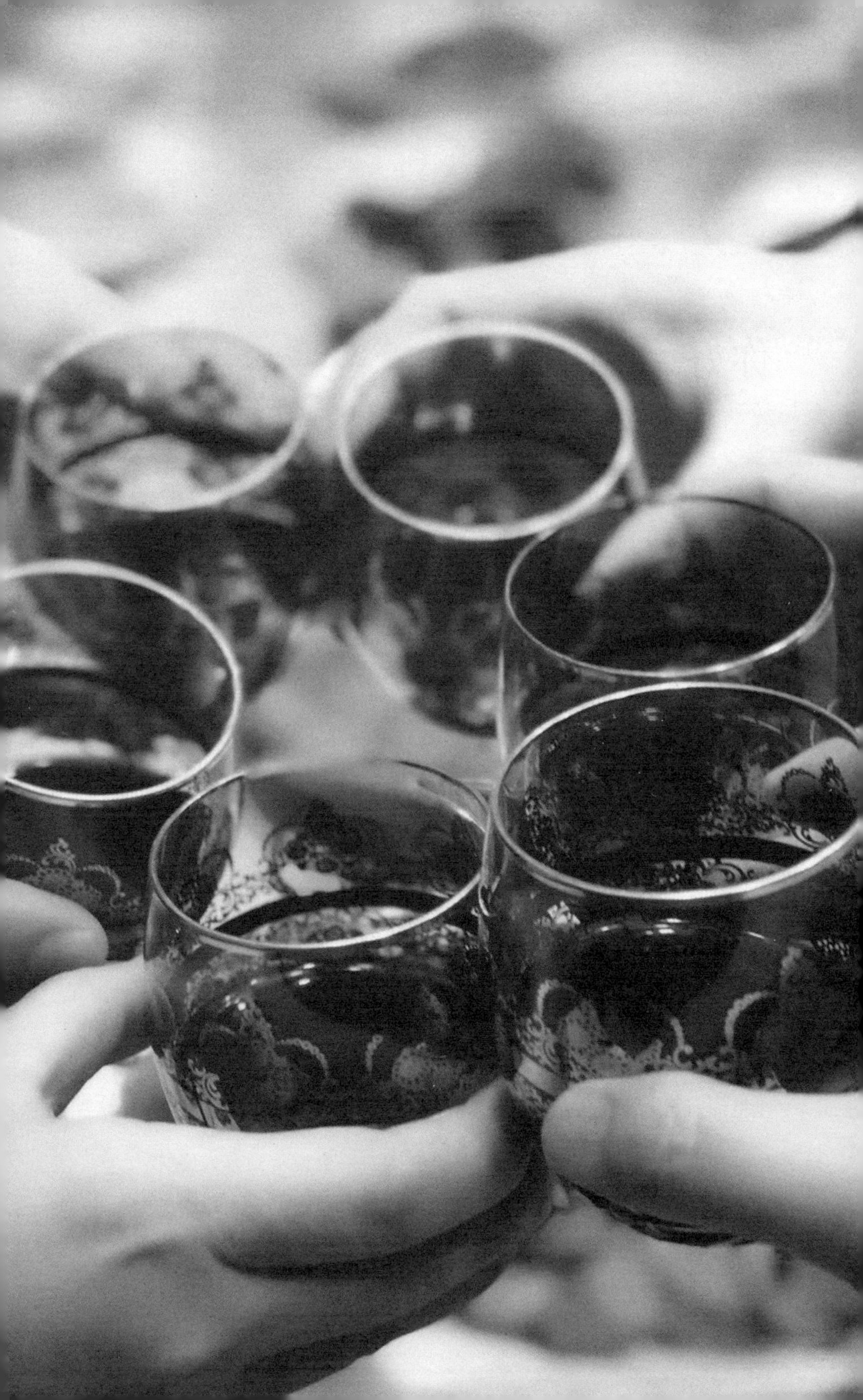

你好，2017

还记得春天的一个午后，一场可以不打伞的微雨，小店玻璃窗上倒映着对面高楼的影子。红色吊灯那般讨喜，还有角落里随意摆放的小小花盏，上面写着一个柔柔的"love"。将蜜桃冰沙、提拉米苏和法式蜗牛任性混搭，把心放空，静静享受属于一个人的下午茶时光。

转瞬间这一年倏忽而过，那般清静的时光真是寥寥可数。更多时候疲惫奔波于尘世，甚至找不到真正的自己。一次上班路上车被追尾，那一声闷响到如今还记忆犹新。虽然由于是追尾交警判了对方全责，但自己心里明白如果不是心绪不宁紧急刹车，不会出现那样的状况。

那一日和朋友聊天说起他眼里的我，他说：温软、聪明、善良。再问我："你怎么看自己呢？"我说："在庞大迅捷复杂的尘世面前，觉得自己小、笨、无措，却故作从容。"

还有一天分别接了两个朋友的电话，一个说听到有人盛赞我，另一个则说听到有人非议我并为我辩解。这两个人口中的我，竟然迥异到绝不可能是同一个人。把并不熟悉而盛赞或非议我的两个人以及朋友和我自己对自己的评价放在一起,有微笑浮上来。原来真的是这样,在一千个人眼里,有一千个不同的我。那些评价在空中飘浮,而我,还是尘世中的我,冷暖自知。连我自己对自己的评价都未必准确,又何必去苛求别人。记起读书时看到的一句话:"用一颗浅浅的心,看那淡淡的生活。"好的,就这样吧。

在这样的路途中邂逅一些温暖,让人无由感动。那一次,和她发生了比较激烈的争执,后来,她开始不断道歉,直到我们彼此讲和。不久后的一天,无意中知道那件事里她并没有错,说起道歉的事,她说:"不过是有些时候,不想和你认真。"那一刻她轻轻巧巧说出的话,让我瞬间泪涌。这样一份沉甸甸的"不认真",是怎样的温暖慰藉。

这一年里最大的收获或者就是回归厨房,成为一个快乐的厨娘。清晨或黄昏,提着袋子到菜市场买菜,再在厨房里把各种食材变幻成各式的菜肴,享受着这琐碎而温暖的过程,并把它作为向家人和朋友表达爱意的特殊方式。于是有朋友推荐蔡颖卿的书,读到她温婉的文字,仿佛我就坐在她的对面,听她说:"唯爱与美食不可辜负。""放眼生活,似乎我们总是比较缅怀褪了色的美,或已经失去的爱,而无动于眼前绚烂的赠予。"

是呀,为什么要如此呢?我们用了多少时光,沉浸在对过去的怀念和对未来的担心与恐惧之中,而忽略了当下的阳光、杏花、与微雨。

　　散文集《此岸书》出版后，我翻开一本写满外地朋友地址邮编的通讯录打算寄书给他们，却忽然发现已经有两个地址再也无法寄出。两个从未谋面的文友，一个遭遇车祸，一个因病故去，只余曾经在博客上留下的片言只语，可以回忆。还有那般亲近的朋友，如今正身陷囹圄，我那本已签好名字的书，也暂时无法送出。

　　在这样的时候，想到人生这个命题真的毫无矫情之意。红尘漫漫，我们奔波劳顿于其中，苦苦追求和期许的，到底是什么？究竟是真实，还是虚幻。慨叹？感伤？人到中年，说不清的万千滋味，或者，真的只在空寂无人时，那一声轻轻的叹息里吧。

　　岁末时到南方出差，清晨醒来，尘世安静，几乎可以听到窗外梧桐叶落的细微声音。踩着雨后的落叶出门，流光清澈而透明，内心仿佛是空的，却又仿佛盈满了与流光一样的清澈与安静。于是豁然明白：其实，生活是水，你的心灵，才是决定生活形状的那个容器。

　　是呀，人到中年，已经学会了用一种不固执的态度与时光共处，并且与不可知的命运握手言和。人到中年，已经知道许多事可望而不可即，但却依然愿意做一个天真的理想主义者，不肯轻易妥协。人到中年，当你下决心去原谅一些曾经以为是朋友的伤害，还能感受到刀刃在心头划过的痛楚，却已知道这是时光中必

|荷轩小语|

经的过程,在这样的过程里,我们日益坚强,与温柔,并逐渐,心怀慈悲。人到中年,诸事纷沓中,偶尔也会想大隐隐于市,但更知道人在这世间各有责任与使命,不敢有丝毫懈怠与疏忽。人到中年,已经可以真的做一个简单温暖的人:工作、读书、下厨、写诗……不需面对大海,也有春暖花开。

就这样迎着即将到来的新时光,轻声道一句:"你好,2017。"

你好，2018

忽又岁晚。这一年匆匆而过，除了一树微风、几枝花朵、一场大雪，仿佛什么也没发生过。

而我已人到中年，两鬓有渐生的白发，心底有岁月的微凉。

这一年，有一些人走近了，有一些人走远了。有时清晨醒来，看一株兰草在淡花色窗纱里轻轻摇曳，阳光如雨，感知着尘世的美，心下却清晰知道其中的无常。

那一日和朋友相约周末小聚，抵达西餐厅时方知恰是平安夜。大堂里的松枝缀满彩灯，两只发光的小鹿安静在雪地上伫立。这尘世原本就是如此不增不减，不平静的只是我们的内心。几人说起人生浮沉、职场得失，颇多感慨。其中一人是多年师友，刚刚遭遇重大挫折。我与他相处经年，点滴恩情一直铭记在心，却一直不善表达，甚至连顿饭都没请过。如今相约，几欲落泪。一直向往和喜欢的是一种"无须多言的默契"，而平日笨拙表达下内心深处的真诚，也确实只有真正的朋友才有耐心理解和懂得。小聚之后离开餐厅，推开笨重大门，寒风卷着清雪一片片扑打到脸颊上。互相握手告别，眼里有隐约泪光，心底却涌动温暖慰藉。

人到中年，方知许多诗句的深意："溪水急着要流向海洋，浪潮却渴望重回土地。"人在年轻时，总是想挣脱家庭的束缚奔向更广阔的天地。如今，却渐渐变得温柔和安静，更向往平和淡然的家庭生活。这两年多时间里和老母亲一起生活，和弟弟、弟妹、侄儿、侄女一家人相依为命，渐渐成为彼此生命最踏实的依靠。平日里我会给他们定好每周一束的鲜花、陪他们去选购新衣，他们会帮我打理诸如暖气开栓、家居保洁等许多琐事，每个周日的中午我们都会推开所有公事私事，在家里共同分享我亲手下厨完成的一顿家宴。这家宴慢慢有了仪式感，慢慢已不只是一顿家宴，而成为我们相亲相爱漫长岁月里的一枚特殊标记。

那一日，弟弟、弟妹说起洺洺、轩轩长大了都要结婚，都要有各自的家。轩轩说："长大了我不和别人结婚，就和哥哥结婚。"洺洺认真地说："咱俩不行，近亲不能结婚。"我们哈哈大笑的同时，却清楚地知道，其实轩轩无忌的童言，却恰恰阐释了她和洺洺之间的兄妹深情。我们看到，一份深沉的亲情正在他们之间继续和传承,这世间,哪里还有比这更为令人欣喜的事情。

电影《芳华》热映,朋友说他是含着泪看完的后半场。于是我也连夜去看,也就明白了朋友之所以含泪的原因。其实,那个善良而卑微的人,就是我们自己。但纵使卑微,也依然可以温和而坚韧地活着,而且更加懂得:如何去爱。

假期在旅行途中读罢夏目漱石的《三四郎》。其实,每个人在成长过程中都是一只"迷羊"。面对不断变化光怪陆离的世界,没有人可以掌控自己的命运和别人的选择,于是人们在这样的情形下产生困惑,唯心论占据上风。许多人试图在宗教中找到答案,或者至少是慰藉,用来解释扑朔迷离的命运和无法预料的世事,用唯心的方法让自己的灵魂得以安宁。但当你走过那么多、经历那么多,就会明白,一颗宁静的心灵才是自己最好的教堂,对外界的一切坦然处之,得亦不喜,失也不忧,随遇而安豁达从容,能如此,时光定会以特殊的方式给你以赞许。

夜幕降临,执一本旧书,用一枚银质书签,倒一杯清水。执着喜欢干净清澈的文字,哪怕她们旧而久远。没错,这个世界唯一不变的法则是它永远在变化,但每个人的内心也都会有不可更改的坚持,不会因所有原因而发生改变。而那些,才真正是人生的意义。

轻声道一句:"你好,2018。"

| 荷轩小语 |

这家宴慢慢有了仪式感,慢慢已不只是一顿家宴,而成为我们相亲相爱漫长岁月里的一枚特殊标记。

风定落花间

—— 你好，2019

　　昨夜下了一场微雪，早上出门，晶莹雪花如同薄薄月光，一瓣瓣铺陈。忽然意识到，这一年，又要过去了。

　　冬日清晨凉爽清冽，有黑色大猫迅疾跑过铺雪的石径。一个人漫无目的地走，看路旁枯枝上兀自晶莹的红色浆果、白雪间不甘枯萎的红黄花朵，一株粗大树木上仅存的一片叶子，在阳光的背面反射出透明的黄色光芒。于是停下来，和她们一一对话，或者发呆，好久好久，好像想了许多，又好像什么也没想，但在那瞬间辰光，灵魂却真的出了窍，似是到白云端处待了一小会儿，然后再飞回来。然后到熟悉花店买白色红色洋牡丹和黄色郁金香，像一个孩子抱着什么宝贝一样抱在胸前慢慢往回走，一枝一

|荷轩小语|

枝修剪好插在花瓶里，用手机拍下来，慢慢欣赏。

花开的过程如此简单，却也深刻，如同生命。读到苏轼的禅诗："庐山烟雨浙江潮，未到千般恨未消。到得原来无一事，庐山烟雨浙江潮。"不由得会意。无须多言，只是点一枝白檀香，在缥缈香气里静静体会。

这一年里依旧发生了许多事，有一些人，愈发深刻地走进生命，成为活着最重要的意义。

侄儿洺洺小学毕业了，他毕业那天流了很多泪。我和弟弟、弟妹则发了很多感慨。看着他含泪告别一段年华走向新的岁月，慢慢体会成长带给他的喜悦和痛楚，如同一匹小马，奔向属于他的一方天地，心下知道无论我们多么爱他，也没有能力做得更多，不过是把满心满怀的爱化作日常平俗的点滴，让他知道，无论时光如何流逝，无论他在哪里，总有家的爱在那里，守候、守护。

总是喜欢"清澈"这个词，觉得它美好得没办法形容。记得那一个清澈午后，细小雪花似有若无，和一个清澈的小人儿，去到一处清澈所在。她指着爬满藤蔓的小房子说："这里如果是一个画室，感觉就对了。"我说，还应该有个咖啡厅，可以坐在窗前，望一望水里的花影。一个下午的时光稍纵即逝，我们轻轻拥抱，挥手告别，而那一叶时光里的清澈留在心底，纯净而温婉。

因为工作关系去拜访一位朋友,看到我的书就放在办公桌上,他信手拿起来笑着说:"放在这里方便,有时间了,就翻几页看看。"那一天我们工作似乎谈得不多,偏是闲事多了些,关于读书、关于社会、关于时局……交谈之后和往日一样淡淡告别,离开之后,却如同在河边看到浅浅倒影,有一种与往日不同的清澈印证。后来读到敬安禅师的句子:"一瓶一钵一诗囊,十里荷花两袖香。只为多情寻故旧,禅心本不在炎凉。"是啊,人与荷花,人与人,不过是"相知"二字最重。

时光轻流。越来越享受真实自然的状态,文字亦如是。认同安妮宝贝(庆山)的话:"写书最终的意义,是存在的流动。"用少得可怜的时间阅读,喜欢意境耽美的文字,轻盈的、透彻的、温婉的,让人在阅读中寻回内心的安静。将自己两年多来写的诗和散文还有摄影汇集到一起,打算出一本书,书的名字就叫"荷轩小语"。其实或者,这一本书不过是于这两年斑驳光影里的自说自话,若是遇到有缘的人,便是她的幸运。

尘世喧嚣。梦境却一直是淡蓝色的,简单而清澈。我不知道是否许多人在梦里,都会回归一个单纯的孩童,仿佛世间种种,其实并没有发生过,又或者,真的发生过又何妨,我们每个人,不过是红尘中匆匆而过的行者,不如单纯,不如放下,不如忘记。

轻声道一句:"你好,2019。"